Léonie De Rudder

Vertidog

roman

Robert Laffont

Ouvrage publié sous la direction d'Elisabeth Samama.

ISBN : 978-2-221-25496-7
Dépôt légal : janvier 2022

Éditions Robert Laffont – 92, avenue de France, 75013 Paris

1.
OK Google

« Désolée de te dire ça comme ça, j'ai vraiment pas envie de m'attacher pour l'instant. T'es quelqu'un de super, mais cette relation devient trop envahissante et m'empêche d'avancer d'un point de vue personnel. J'espère que tu n'es pas trop blessé. J'ai confiance. Tu as cette intelligence qui permet de comprendre et de rebondir. Et puis, comme tu dis souvent : tant pis, next. Tu peux enlever tes affaires aujourd'hui s'il te plaît. L'appart est loué pour le week-end. Remets les clés dans la lock box. Je te souhaite le meilleur. Diane »

Le silence retombe, en douche froide.

« OK Google : répète ce message, répète un peu.

— Désolée de te dire ça comme ça, j'ai vraiment pas envie de m'attacher pour l'instant. T'es quelqu'un de super, mais cette relation devient trop envahissante et m'empêche d'avancer d'un point de vue personnel. »

Heure du décès de la relation : 7 h 38. Arme du crime : la Google box. La voix n'est pas si mal, hein, pour ce genre de circonstances. Neutre, mais très humaine, de l'intonation pile là où il faut. Et puis en distanciel, ça évite les larmes, et le masque dépité qu'on affiche en général quand on plaque quelqu'un. Pas envie de s'attacher ? Quel verbe hideux ; qui a envie de *s'attacher* ? C'est bien vu, le passage sur mon « intelligence ». Forcément, après ça, je vais pas tout casser dans son appart. À part un gros soupir, je vois pas trop quoi répondre.

« OK Google, répète ce message.

— Désolée de te dire ça comme ça, j'ai vraiment pas envie de m'attacher… »

Dans un call center au Costa Rica, un ou une employé·e à trois dollars de l'heure est déjà au courant que je me suis fait larguer parce que Diane ne voulait pas s'attacher. Il ou elle informe son collègue, qui hallucine ! Y a une probabilité infime mais non inexistante que ce message figure dans un échantillonnage destiné à améliorer les performances de la reconnaissance vocale. J'ai lu un article aux toilettes, sur le scandale des écoutes à la volée. Les com' d'Amazon, Microsoft et Apple sont raccord : il faut bien des humains pour entraîner les intelligences artificielles et les aider à mieux nous comprendre. Et ils dégainent la défense « Taylor Swift » – les noms propres difficiles à prononcer pour plein d'habitants de la planète. On ne se représente pas bien ces hordes de personnes excédées qui réclament leur chanson de Taylor Swift, en hurlant, en suppliant leur Google box ou leur Alexa, en la menaçant. TAYLOR SWIFT, putain ! Y a des chansons indispensables pour sauter à pieds joints dans ta journée.

« OK Google, joue une chanson de Taylor Swift.

— Vous désirez une chanson en particulier ?

— Nan, n'importe laquelle.

— C'est compris ! »

God bless Taylor Swift. Et tous ses ancêtres, pour son nom incompréhensible qui a permis de grandes avancées technologiques. God bless Google et Amazon. Quand même, elle aurait pu lui dire, à Diane : tu veux pas une chanson de Taylor Swift, plutôt que de plaquer ce mec ? Tu l'appelais ton « boyfrench », ça a été enregistré, écouté, analysé. Réfléchis bien, Diane… Une petite pause-méditation ? On fait le point ? Les plus et les moins ? Après compilation des données, on peut très bien ne pas s'attacher et rester ensemble un peu quand même. Je te signale qu'au Costa Rica, ils ne comprennent pas pourquoi tu fais ça, Diane. Tout est consigné sur les enregistrements témoins : aucune vraie dispute, 57 % de discussions qu'on peut qualifier d'enrichissantes et, last but not least, les algorithmes Netflix prouvent que vous êtes séries-compatibles. On est plutôt sur du 4-4,5 étoiles de satisfaction globale. Et je te parle même pas de la compatibilité sexuelle, on est carrément dans les hautes moyennes si on en juge par tes décibels.

Et pourquoi ce message me parvient-il pile quand je bois ma première gorgée de café ? Est-ce que la cafetière connectée a balancé à la Google box que le café était prêt, que c'était le bon moment ? Si c'était vraiment une *intelligence* artificielle, cette connerie d'appareil aurait dû lui dire, à Diane : c'est absurde. Point. Mais bon, Diane a un autre niveau d'analyse, si elle décrète que la relation ne la fait pas avancer, faut la croire. Avec tous les bouquins qu'elle lit sur l'intuition, et toutes les formes possibles de développement personnel qu'elle pratique, elle est spécialiste en accroissement de potentiel. C'est elle qui a raison. Et moi, j'ai pas débarqué au bon moment de sa timeline perso. Taylor Swift me serine dans l'oreille *we are never ever ever getting back together...*

« OK Google, arrête cette putain de chanson, en fait. Tout de suite.

— C'est compris ! La politesse est la plus grande des sagesses.

— Nan, sérieux... ta gueule ! *(En français pour pas qu'elle pige.)*

— Voulez-vous changer de langue ?

— Non. De vie, connasse. »

Je me disais bien que ces jours-ci, elle s'enfilait beaucoup de herbal tea « Détox émotionnelle ». Mais à aucun moment j'ai pensé que. Direct, je me mets à reparcourir l'histoire. Previously in Diane and me : au tout début, c'était de l'ordre de la sorcellerie, je pensais à elle, et ding ! j'avais un message. J'aimais bien ses couleurs, à Diane. On contrastait bien, sa peau caramel et ma peau blanchotte, c'était carrément sex ; rien qu'à voir nos bras côte à côte, ça me faisait un truc. De toute évidence, elle a pas pris en compte l'aspect chromatique de notre relation. Et puis y avait mon tatouage d'araignée qui se superposait pile à son attrape-rêve quand on s'allongeait l'un sur l'autre, comme si une toile se tissait de mon épaule à la sienne. Ça la faisait rire, elle m'avait promis de chasser mes cauchemars. Enfin, promis, elle l'avait dit en rigolant en tout cas. Elle a un beau rire, Diane, très musical. J'ai une envie irrépressible de partager sur Insta la photo des tatouages superposés, juste pour qu'elle se rappelle. Un rébus corporel, c'est pas donné à tous les couples (sauf qu'on n'était pas vraiment en couple non plus).

À tous les coups, c'est une étape de son stage de reprogrammation mentale.

Étape 1 : faire le point, cartographier vos avancées dans tous les domaines de la vie et de la spiritualité.

Étape 2 : virer le mec bidon qui squatte votre appart.

Elle m'avait prévenu : « Un jour, ça s'arrêtera, faudra pas m'en vouloir. » J'ai dû répondre « T'inquiète, moi, c'est pareil », ou une connerie du genre. Un truc sérieux, ha ha, quelle horreur. Mais quand même, ça disculpe vraiment, quand on signale à l'avance qu'on va être une vraie connasse ? C'est bien pratique comme technique : tu sais, un jour, je vais t'éventrer avec le couteau à pain, faudra pas m'en vouloir.

Je pense au dernier réveil doux dans son lit aux draps bleus. À ses longs cheveux noirs qui me tombaient dans la figure. Et sa voix ensuquée, qui me dit : « J'ai rêvé que je volais au-dessus de l'eau, au-dessus d'un lac mais avec des vagues. Sur un bateau gonflable, il y avait ma mère et mes sœurs, et Michelle Obama, et elles me parlaient, mais moi, je continuais, je ne pouvais pas m'arrêter, comme une oie sauvage. C'est ce que je me disais : comme une oie sauvage, je dois survoler l'eau sans m'arrêter. Tu crois que ça veut dire quoi ? Que je reste trop à la surface des choses ? Et toi, t'as fait des rêves ? » Et moi, oui, j'avais rêvé, enfin c'était pas clair, un souvenir de rêve plutôt, un décor. Une sorte de structure métallique, une carcasse d'immeuble mais qui se refermait sur elle-même comme un coquillage. « Quoi, encore ? L'autre fois, déjà, t'as rêvé d'échafaudages sur une maison de verre ou je sais pas quoi. Elle s'est levée d'un coup, mais y a jamais personne dans tes rêves ? Pas d'être humain ? » Et soudain, je me rappelle son air, son air dégoûté, révolté et déçu comme si elle m'avait pécho en train de mater du porno zoophile. Si, si, il y a des gens. Je remonte, je cherche, personne dans mes rêves, pas un visage ? Une silhouette, une ombre ? J'ai mythonné que j'avais rêvé de ma mère, pour qu'elle ait du biscuit pétri de psychanalyse, mais peut-être que c'est un signe : on n'est pas dream-compatibles.

Tant pis, next. Je dirais jamais un truc pareil, elle doit me confondre avec un autre. Y en a tellement des types qui disent ce genre de merde toutes les trois secondes. Faudra pas m'en vouloir.

« OK Google, pourquoi Diane m'a plaqué ?

— Je ne comprends pas votre question.

— Est-ce que faire des rêves sans aucun humain est un motif de rupture ?

— Voulez-vous entamer une recherche Internet ?

— Tu sais ce que tu es ? Une stupidité artificielle.

— Merci du compliment. Essayez à nouveau en reformulant votre question. »

Je caresse du regard la baignoire à pieds de lion, l'eau qui met des plombes à chauffer. Dernier brossage de dents dans sa salle de bains. Dans les pires moments, faut pas négliger son hygiène bucco-dentaire. Tout le monde ici a la dent bien blanche pour rayer le parquet et mordre, mais toujours avec le smile. Son pot de crème de nuit aux cellules actives de chanvre, je suis tenté de me l'avaler à la petite cuillère mais j'en passe juste une noisette sur mes tempes et mes yeux. Ça rafraîchit. Je vais pas me laisser aller, je fais un casse dans les vitamines : rajeunissement des artères, réveil énergétique, concentration maximale. Il y a tellement de vitamines pour tout qu'on se demande comment ils font pour mourir aux US. J'avale même un sachet de collagène en poudre. Diane est végétarienne, sauf en ce qui concerne le collagène des os de vache. Ça va, c'est en poudre, on le sent pas trop que c'est à base d'animal mort…

Je remballe mes affaires, j'en ai pas beaucoup heureusement. Même pas un mois que j'étais ici. Le parquet sombre, le bow-window, le ronronnement du poêle à gaz et les vieilles fenêtres à guillotine qui grincent en s'ouvrant. Vu le prix des loyers, on s'imagine pas qu'à San Francisco, c'est aussi low tech, les fenêtres. Le soleil se lève timidement et borde la colline avec l'antenne des télécommunications d'un rose orangé couleur… couleur tequila sunrise. Le décor va me manquer. Le reste, bon… Elle était adorable, Diane, mais c'est comme ça, il faut archiver. J'existe plus pour elle, elle existe plus pour moi. On swipe à autre chose.

Next.

Quand même, je laisserais bien un message. Quelques mots indélébiles. Une phrase un peu cinglante pour la secouer, pour ouvrir chez elle une faille de San Andreas de la culpabilité. Il est pas mal, son message à elle, propre, pas de reproche, pas d'amertume. Elle a dû lire un bouquin genre *Les Sept Clés pour rompre positivement.*

Putain, le chargeur… Pas dans la chambre. Je fais le tour des multiprises du salon, de la cuisine, là où je l'arrime régulièrement, mais je vois nulle part cette saloperie de fil blanc. Et puis je le retrouve, bien enroulé, tranquille dans mon sac. Respire. J'ai envie de prendre une photo souvenir, de ce dernier matin. Je pourrais l'instagrammer. Putain de fuck, le téléphone maintenant ? Il était sur la table y a deux secondes. Faut que je décolle, là. Je refais le tour de la maison en accéléré. L'œil de la box m'observe, Charlie Chaplin des temps super modernes courant après l'électricité. Je me tâte le cul en cas de feinte de la poche arrière. Bzz ! Un bzz qui résonne dans le vide de l'appart.

Et un bruit de chute.

Je l'ai laissé aux chiottes sur le dérouleur de PQ, une vibration fatale l'a déséquilibré. Écran fêlé. Je l'éteins, le rallume, il vit. Thanks God ! Deux ans, deux ans et demi que je l'ai. Autant dire un millénaire, en matière d'obsolescence. Une relation plus longue qu'avec n'importe laquelle de mes copines. Une jolie cassure, un éclair naissant, part du bord en haut et zèbre la lumière de l'écran.

Je descends l'escalier avec mon écran fêlé, ma stupide valise à roulettes pleine d'autocollants. Je glisse les clés dans la lock box de la grille d'entrée. Comme je l'ai fait chaque jour ces dernières semaines. Mais quand c'est la dernière fois, on s'applique un peu plus. Faut juste mettre à jour cette version de soi-même.

La maison est bordée de plantes, de petits cactus que je salue machinalement. Sur le mur dégouline un buisson de fleurs rouge sang. Et voilà, je te quitte Hermann Street, San Francisco, California.

La rue se déroule, elle s'en fout. Le soleil me tombe dessus mais froidement, il ose pas trop chauffer non plus, des fois que ça me remonterait un tout petit peu le moral. J'avais déjà plus vraiment de boulot, et là, j'ai vraiment plus de meuf, et le soleil est un connard. Ce sont des données de plus.

Bzz ! Mon téléphone vibre, deux notifications. Tiens, Tinder est déjà au courant :

Plein de filles célibataires autour de chez vous...

Et mon appli Peet's Coffee veut confirmation de mon latte grande du jour. Bonne idée, ça, de s'enfiler un grand grand café et des célibataires. Sur le trajet, j'astique mon écran du pouce pour faire défiler les meufs, à mesure que les maisons défilent autour de moi.

Y a un monde de fou au Peet's sur Market Street. Je mets mon casque anti-bruit sur les oreilles et les décibels dégringolent dans un voile de coton. Je zigzague entre les T-shirts colorés, et j'attends des plombes.

« Enlève une étoile au Peet's Coffee. Commentaire : trop d'attente. »

Un barbu à côté m'approuve du regard. Je me replonge dans mon écran pour détailler le profil d'une nana, mignonne, étudiante à l'Academy of Art. Mon téléphone vibre : je dois payer le café. La fucking fêlure m'oblige à recommencer trois fois, mais ça passe. Mon gobelet m'attend sur le comptoir. Sous le tatouage de la barista on peut lire *Tip me baby one more time* en lettres entrelacées. Je lui laisse trois dollars.

Le café coule tout chaud dans mon œsophage. J'entends un petit gong transmis de mon téléphone à mon casque. Je checke mon écran.

Apprécier le monde dès la première gorgée de café.

C'est un message de l'app Pyness, l'appli du bonheur avec son logo en forme d'arbre malicieux qui me signifie que je suis en train de passer un bon moment d'happiness. Et je me rends à l'évidence, même dans une journée qui démarre mal, y a quand même le goût du café.

Au croisement avec Church Street, je bifurque vers Pet Food Express, un supermarché exclusivement dédié à nos amis à quatre pattes. Le panneau à l'entrée annonce la couleur : *Nourriture et équipement sains et holistiques*. Qui sait ce que ça peut bien vouloir dire ? L'endroit est vaste et la lumière agréable. Il y a une station de lavage dans un coin avec de grands éviers et des douches à l'énergie solaire pour un petit toilettage rapide.

Je slalome entre les rayonnages garnis de paquets brillants, c'est Byzance pour les chiens : tablettes de viande séchée aux petits légumes, croquettes digestives agneau-quinoa-fenouil, pâtées de légumes au canard, au bison ou au cerf, croquettes au poisson et crustacés de l'océan, yaourts givrés cannelle-citrouille ou banane-beurre de cacahuète, bouillon d'os de dinde surgelé, pâte à mâcher dentaire à l'huile essentielle d'eucalyptus. Super promo sur les biscuits d'anniversaire aux glaçages multicolores. Et sur les brosses à dents électriques silencieuses (avec deux rangées de poils pour brosser tous les côtés en même temps).

Je me concentre sur les biscuits en vrac, bio, sans conservateurs et sans gluten. Je pioche des gâteaux secs en forme de nonos ou de patte de chien, saveur myrtille et noix, avoine et caroube, patate douce et cheddar. Je pèse mon paquet sur la belle balance à aiguille furieusement rétro. À la caisse, je donne ma carte DoggieSF. La caissière remplit mon compte en ligne et tout sera réglé par la société qui m'emploie. Elle me regarde bizarrement, non ? Est-ce que ça se voit que je viens de me faire plaquer ? Ou alors elle remarque que j'ai oublié de mettre ma casquette avec le logo de la boîte ? Et elle va leur signaler ? D'un geste négligeant, je farfouille dans mon sac à dos et je jette la casquette DoggieSF sur ma tête. Faudrait pas perdre des étoiles pour si peu. Chez les dog-walkers, comme partout, c'est un peu la grosse compèt', on se bat pour avoir le meilleur score, les meilleurs commentaires. Et l'amabilité avec les fournisseurs, ça se note, ça rapporte des étoiles. Je lève le pouce, en imitant le chien souriant qui sert de logo. Oui, je sais, un chien avec un pouce : visiblement, ça n'a choqué personne à l'équipe créa.

Au détour de la 14th Street commence le grand huit : au passage piéton, le sol plonge sous mes pieds, faut toucher le fond et croiser deux avenues avant de remonter. J'ai l'air stupide avec mon café brûlant et ma valise qui sautille derrière moi. Sur les murs peints de Mission District, des tigres un peu mal foutus m'adressent des clins d'œil. J'ai trop faim. Y a un café qui fait des avocado toasts et des pancakes déments et, à côté, une taquería avec une fresque bien pimpante ornée de mariachis qui harcèlent des paysannes. Je prends en photo les deux vitrines et je fais un post :

Après une rupture, vous êtes plutôt healthy avocado toast ou dirty burrito ?

Quelques secondes plus tard, à ma grande satisfaction, 82 % pour le burrito. Oignons, haricots noirs, bœuf, piquillos et fromage à volonté. J'engloutis le burrito du désespoir. Je dois le faire maintenant ; quand je mange avec les chiens, ils me reniflent et me font leurs yeux. Je murmure à mon téléphone :

« Tu peux chercher un morceau d'électro mexicaine ? »

Il me sort « Magic Machete » direct dans mes oreilles. C'est le paradis.

Les burritos, quand tu les manges, ça va, c'est après que tu regrettes. Comme plein de trucs dans la vie. Évidemment, sur mon écran apparaît une pub pour des nouveaux sandwichs aux légumes frais. La reconnaissance faciale s'accompagne-t-elle maintenant d'une reconnaissance de sandwich ? Je checke mon trajet et mes clients du jour. J'en ai cinq, des toutous pour la promenade du matin, et ça tombe bien, ils sont tous concentrés entre Cole Valley et Haight-Ashbury.

Je m'en fous de Diane, la ville est grande, je chope un bus pour grimper les collines. À côté de moi, un mec avec des oreilles de cocker en cuir et boa rose vif, prêt pour la Folsom Street Fair, la fête des homos cuir. Derrière, un type à lunettes lève les yeux vers lui et enlace l'énorme citrouille posée sur ses genoux. Il est tellement mal sapé, sa triste cheum-ise clame qu'il est hétéro, le gars. Mais bon, peut-être le début d'une grande histoire ? Je les photographie en scred, en tenant mon téléphone à bout de bras comme si je biglais sur un plan. Discrètement, je booste les couleurs, je recadre et je poste. J'hésite entre :

Love at first sight

et

Y en a qui déconnent pas avec Halloween.

Je mets les deux, et une rafale de hashtag : #citrouille #pumpkin mais aussi #crazySF #cuir #queerhalloween, etc. Les cœurs s'additionnent. Pluie de cœurs. Elle arrêtait pas de me le dire, Diane : les gens aiment bien tes photos décalées, t'es un poète qui s'ignore. Bof. Si à vingt-cinq ans, t'as pas vingt-cinq mille followers, t'as raté ta vie.

À la fin du trajet, des centaines de cœurs se sont accrochés à ma photo. Je m'empêche de regarder tous les noms des gens qui m'ont liké pour ne pas tomber sur l'absence de Diane. Le bus ralentit. De l'autre côté de la vitre, sur le trottoir, un clodo pousse un caddie avec un gigantesque nounours en peluche. Pas le temps de le shooter, dommage.

En sortant du bus, la ville est plus tendre.

2.
Dog eat dog

Mon appli DoggieSF me suggère de ramasser Giant et Swing en premier sur la 18th Street. Chris, leur maître, est un ancien golfeur professionnel reconverti dans le commerce du vin. Il a tout le premier étage d'une de ces grandes maisons victoriennes, de couleur verte. Son appart est dément, avec des fenêtres rondes, des pubs vintage gigantesques pour des alcools qui s'harmonisent avec la couleur des murs. Au rez-de-chaussée, il y a le studio de son mec, Andy. Il peut pas blairer les chiens, alors il a son espace. Bref, j'imagine même pas combien ils ont pu payer ce truc, ils doivent être blindés massif. Ça les empêche pas d'avoir des goûts de chiottes parfois, comme en témoigne ce poème affiché au mur :

> Chaque chien que j'ai perdu
> a emporté un morceau de mon cœur
> et m'a offert un bout de son cœur de chien
> À la fin de ma vie, j'aurai un cœur canin
> plus qu'un cœur humain.

Il a bien fait de rester anonyme, l'auteur de ce poème, avec une typo dégueulasse en plus. Cœur de chien, juste après un burrito, pas de bol, ça me fout vraiment la gerbe. Mais bon, en dehors de ses goûts poétiques, il est cool, Chris. Il m'offre un café avec son tout nouveau percolateur qu'il a fait venir d'Italie. Il dit bien « caffffé ». Chaque fois qu'on se croise, il me montre un truc qu'il a rapporté d'Europe, une cuisinière à gaz orange, du vin, un thermomètre à viande, c'est sa life d'avoir de la bouffe à l'européenne et le vrai matos qui va avec.

Giant, un bull-terrier blanc avec une grosse tache marron caffffé sur le dos, et Swing, son sosie en noir, s'ébrouent joyeusement. Chris est persuadé que ses chiens sont homos ; chaque fois, il me demande si, moi aussi, j'ai constaté des trucs. J'aimerais bien aller dans son sens, malheureusement, quand il y a une femelle dans la troupe, on voit que ça les distrait. Ils sont affublés de hoodies pour chien, et leurs petites capuches bougent dans tous les sens. Le sweat canin de Giant est déjà trempé de bave, il a du mal à laisser ses oreilles dans les trous de la capuche, mais il essaie. C'est un bon chien, il ne se rebelle pas. Swing est sympa aussi. Comme Chris quoi, un bon mec. D'ailleurs, il accepte immédiatement de garder ma valise. J'évite de lui révéler qu'elle contient toute ma vie actuelle, pas moyen de raconter mon humiliation du matin, je préfère enjoliver un peu. J'invente un petit week-end vers le nord pour visiter Sonoma. Il s'écrie que c'est là que sont ses vignobles et insiste pour me montrer une vidéo de ses trieuses optiques. Sur son énorme smartphone, une machine fait défiler les grains de raisin et les scanne, tandis que des bras robotiques écartent les mauvais grains avec une précision chirurgicale. Alors que je me concentre pour avoir l'air extasié, il me tape sur l'épaule en manquant de me déboîter l'omoplate.

« Vous avez pas ça en France, hein ?

— Nan, c'est sûr, c'est plus à l'ancienne. »

En réalité, je n'y connais rien ; le vin, je trouve ça dégueulasse quoi qu'il arrive. Mais j'écoute patiemment son commentaire attendri. J'essaie de siffler entre mes dents pour signifier mon admiration mais ça marche moyen. Puis, je souris exagérément pour enrober ma demande et je me lance :

« Euh dis, t'aurais pas un peu de cash à m'avancer ? »

Son big smile se crispe.

« Mais je t'ai déjà fait le virement, via l'appli.

— Ah super, super !

— T'as un problème ? »

Je cherche un petit mytho un peu moins crevard que j'ai plus que ce boulot minable et faut que je réserve une chambre d'hôtel.

« Nan, c'est rien, un problème avec ma banque française. J'ai acheté des Dogecoins, ça leur a pas plu ou je sais pas quoi, je peux plus retirer.

— Quoi ? Mais il faut m'en parler ! Moi, je peux te conseiller des investissements sécures ! »

Ici, les gens sont tous des business angels. Tu as le malheur de demander un renseignement quelconque, on te propose d'investir dans une start-up. C'est presque louche de ne pas être en train de créer un business ou d'investir dans celui d'un autre. Chris me dépanne de dix – sorry – dollars. Gros radin.

Et hop, pour faire diversion, Chris m'envoie les balles

de Giant et Swing, de vraies balles de base-ball, brodées à leur prénom. J'accroche les chiens à ma multilaisse. Le prochain sur la carte, c'est Bouffey, sur Roosevelt Way. J'arrive essoufflé mais j'ai pas trop envie de m'éterniser chez la vieille hippie qui veut que je parle en français à son chien, parce que c'est un « french bulldog ». J'essaie de l'éviter depuis qu'elle m'a tenu la jambe pour m'expliquer en long et en large qu'elle a fait cryogéniser tous les prédécesseurs de Bouffey. Une autre façon de régler le problème des chiens qui « partent ». J'étais déjà écœuré par le trop-plein de confidences mais elle a remis ça, en me glissant fièrement que son mari aussi était cryogénisé en Arizona. Mais, pour lui, elle a pris que le forfait « Neuro », c'est-à-dire que seule la tête est surgelée. Ça fait une sacrée économie, moins de nitrogène à changer toutes les semaines. Quand la technologie le permettra, elle se retrouvera avec la tête de son mari greffée sur le corps d'un jeune homme et pas loin de dix chiens nommés Bouffey, qui comprennent le français.

Ding ! Mon appli me signale un nouveau chien, que je dois récupérer sur Masonic Avenue. Une certaine Inari. Ça paraît pas si loin sur la carte mais ça grimpe sévère. Les maisons aux couleurs de l'arc-en-ciel parviennent à rester droites malgré la pente raide. Ça fait un peu faux, on dirait des façades de décor comme dans les westerns. Je sonne à l'interphone d'une belle baraque aux murs roses, et j'attends à la grille. Une vieille femme d'origine philippine vient m'ouvrir, avec une blouse brodée au logo de la société Holistic Cleaning. Eh oui, même nettoyer la merde et sortir les poubelles est « holistique » en Californie... Elle me remet avec cérémonie une petite spitz aux poils blond roux, tout à fait adorable, vêtue d'une sorte de trench-coat avec col et, surtout, une poignée sur le dos. Très pratique, j'attrape la petite chienne comme un joli sac. Sa maîtresse a payé pour la journée (quarante dollars) car elle est en voyage et son avion atterrit tard dans la soirée. L'employée me donne les codes du collier pour le traçage GPS au cas où. Puis on repart chacun de son côté : elle, pour effectuer son ménage holistique, et moi, ma promenade de santé canine.

« Chien » : compagnon de l'homme depuis des millénaires, travaillant dur à la chasse et au gardiennage des bêtes, guide et sauveteur, désormais muni d'une puce GPS et d'une poignée sur le dos pour plus de maniabilité.

Je suis un poil en retard pour choper Preston sur Upper Terrace, et sa maman fait la gueule. Je dis maman parce qu'elle le câline et lui parle plus gentiment qu'à ses gosses. Il faut dire que la fille semble tout droit sortie d'une sitcom avec son uniforme et ses longs cheveux blonds. Elle fait des bastons de regard avec le monde entier et elle se figure qu'elle gagne, mais c'est plutôt que le monde entier n'en a rien à branler. Le fils a huit ans, le genre petit génie hyperactif soi-disant à cause du sucre, et qu'on gave de calmants. Avec les besoins spécifiques de Preston en plus, la mère est limite en burn-out et n'en revient pas que je me permette dix minutes de retard. Elle m'explique pendant des heures que Preston a besoin de régularité, qu'il est très attaché aux rituels, aux horaires.

« Hein baby, little monster ? »

Preston est un labradoodle, croisement entre un labrador et un caniche royal. Une espèce très à la mode dans les années 1990, qui a l'avantage d'être hypoallergénique. Par contre, il est diabétique. Sa maîtresse penche la tête vers moi, et son parfum fleuri m'envahit. Elle me confie que c'est un chien adopté en refuge, et qu'avec sa maladie, il a un syndrome de peur de l'abandon. Sa psy a été claire : une journée ritualisée, avec des repères nets, c'est vraiment ultra important.

Je souris, d'un air compréhensif, et curieusement, c'est même pas pour me foutre de sa gueule. Preston me regarde, les yeux brillants. Le pauvre, il a quand même l'air bien con.

« Brave Preston… Je ne savais pas que tu avais dû traverser ça. T'es un champion, mon pote ! »

Good point, ça la rend tellement heureuse que je m'adresse au chien plutôt qu'à elle. Elle a des sanglots dans la voix, mais elle continue à sourire à son chien. Alors, je prends mon ton le plus enjoué pour lui montrer qu'elle a raison de me faire confiance.

« On va bien s'amuser aujourd'hui ! Allez big puppies ! »

Petite matinée, seulement cinq chiens ; d'habitude, je monte jusqu'à huit ou neuf. La multilaisse me tire en avant dans la descente, à la suite de Giant, Swing, Preston, Inari et Bouffey. Ils vont me faire tomber, ces petits cons. Bouffey et Giant entraînent les autres, et Inari, ça l'emmerde visiblement de courir avec ses minipattes. On dirait un genre de renard en plus kawaii. J'hésite à la soulever par la poignée. Bouffey s'arrête net et manque de me faire trébucher. Il est super bien dressé à stopper devant les passages piétons, ou alors il repère les comptes à rebours des feux, je sais pas.

On ne l'a pas entendu arriver du sommet de la côte, le bus électrique blanc marqué *MTV*. Pour Mountain View. Il y a quelques mois, avant d'être dog-walker, j'étais fier d'y bosser, à Mountain View, dans cette boîte stupide qui s'appelait Puluuluk... Toutes les entreprises affrètent des navettes banalisées pour y conduire leurs employés, car les habitants ou les activistes les ciblent, en tant que responsables de la hausse faramineuse des loyers, des bouchons sur la route, de la paupérisation ambiante. Quand j'ai débarqué là-bas, au centre de l'univers, je me suis d'abord dit : « Qu'est-ce que c'est moche ! » Les mecs avaient tellement hâte de conquérir le monde qu'ils ne se sont pas trop souciés du décor. Partout, des panneaux publicitaires pleins de *Winner*, de *Imagine*, de *The Newest*, de *Yes, Invest !* De quoi convertir tout cerveau humain à l'aventure de l'entrepreneuriat. Les firmes qui gouvernent la planète ont toutes leurs petits quartiers : Googleplex, Android, MSN, Hotmail, LinkedIn (le réseau social de tous ces débiles workaholics et mégalomanes), un centre de recherche de la NASA. Et les touristes aussi arrivent par cars entiers pour prendre des selfies devant le pouce géant de Facebook. D'instinct, je me mets à caresser les chiens en me planquant sous ma casquette, au cas où je connaîtrais quelqu'un dans cette foutue navette. Les mecs assoiffés de réussite s'y racontent leurs idées ou comparent leur score d'applis de productivité. Moi, je me suis levé à cinq heures pour voir le lever du soleil ; moi, j'ai couru barefoot pendant une heure, ça m'inspire… moi, j'écris de la poésie, et après seulement je fais mes lignes de code… Sans bruit, le bus électrique des génies glisse dans ma direction et nous dépasse, moi, mes chiens et bientôt la ville. Il va longer la mer pendant deux heures, jusqu'au paradis du business. Je repars en surjouant la nonchalance. Je sais bien qu'il n'y a pas de public mais bon, on ne sait jamais. Sourire, paraît-il, rend immédiatement heureux. Alors, se balancer comme un mec cool devrait aussi marcher.

Tout en haut de Buena Vista Park, je domine la ville en tirant des vapes pistache de ma clope électronique. Après le sentier boisé, le sommet de la colline est nu et dévoile la roche ocre, couchée sous la ville la plus fun du monde. San Francisco s'étale, ses collines couvertes de maisons, striées par les perpendiculaires des rues toboggans, qui montent et redescendent pour se jeter dans la mer. Tout au bout, Financial District et ses gratte-ciel, jeu de quilles sur fond bleu de la baie. On dirait la map d'un jeu de civilisation, et qu'on peut tout contrôler, ajouter des maisons, en raser d'autres. Un rapace (une buse ? un petit aigle ?) décrit d'amples cercles dans le ciel. Et un peu plus loin, un drone vrombit joyeusement en transportant un colis Amazon.

> Cold mist falling on the hill,
> Blurring its edges,
> Electronic bird keeps on flying[1].

---

1. Le brouillard tombant sur la colline, / En floute les contours, / L'oiseau électronique poursuit son vol.

J'ai eu du mal à prendre la photo car Preston et Giant ont la truffe d'humeur harceleuse avec Inari, la nouvelle. Je les éloigne à petits coups de pied. Je poste ma photo et ma connerie de haïku sur mon compte Instagram @haïkulifornia, avec pas moins de trente hashtags crétins, en mode poète du quotidien. En sept secondes, ça poppe du cœur par paquets de douze... Quand je vois les hashtags #poetry #instapoets et compagnie, j'ai envie de mourir. Ou :

Aime la personne qui t'aimera comme tu le mérites.

Assorti d'une photo atroce d'un couple enlacé. Ou encore :

Choisis les gens qui te rendent vivants.

Cette fureur de l'épanouissement, j'ai pas le courage. Je profite du rayon de soleil pour faire aussi un petit selfie, avec mes chiens en arrière-plan, je recommence plusieurs fois et je sélectionne avec soin celle où je suis bien bien BG. Elle est bien cette photo, je semble carrément inspiré et les chiens sont drôles derrière.

Promeneur de chiens, hein, c'était pas vraiment le métier de mes rêves. J'ai eu cette idée parce que les chiens rapportent un maximum d'abonnés. Et si on se met torse nu avec un chien, c'est le jackpot assuré.

Il est marrant Preston avec sa grosse bouille, on dirait qu'il sourit bêtement, il me fait un peu penser à mon pote Karim quand il est défoncé. Je vois d'ailleurs qu'il est connecté et je lui balance quelques messages en rafale.

Karim ma couille, ça va ou bien ?

Ça fait un petit moment qu'on s'est pas vus.

Je voulais te parler d'un truc.

Je le sens pas de lui demander direct de m'héberger alors je lâche :
Business.

Le sésame qui normalement fait réagir Karim en moins de trois millisecondes. Le Vu s'affiche, me signale qu'il a bien reçu mes messages et que son silence est désormais volontaire. Il apparaît maintenant déconnecté, mais je lâche pas l'affaire.
Je reviens à l'appart ce soir, OK ?

Un Vu me nargue encore. Et puis, rien.

À Paris, on était un peu les zéros de notre école bidon qui nous formaient aux « nouvelles intelligences de la communication et de la programmation ». Pour ma part, on peut dire clairement que je branlais rien et que j'avais atterri là bêtement au lieu de bosser pour les concours d'écoles plus prestigieuses. C'était en tout cas la théorie de ma mère. Mon père s'en foutait, il préférait me saouler de phrases de boomer : « Faut faire son chemin, à toi de trouver ta route, moi, quand j'ai débarqué à Paris, j'avais trois francs en poche » et blablabla. Bref, pour valider l'année, il y avait un projet grandeur nature et un stage. Et va savoir comment, les ploucs de mon école ont réussi à mettre en place un partenariat avec des entreprises de la Silicon Valley. L'idée de génie, on l'a eue avec mon coloc' Karim, grâce à un mélange punch passion/vodka-Têtes brûlées. On avait aucun plan pour notre projet d'appli, censé valider le deuxième semestre. Un peu en mode fuck off, on a fait le pari de créer une appli de partage de chiottes. On l'a mise en place, IRL, sur le campus, en réseau avec d'autres écoles de commerce autour.

K.K, ça s'appelait, surnommée « Airb'n'chiottes ». Les abonnés se faisaient un petit bénéfice avec une monnaie fictive, le K.Kcoin qu'on transformait en tickets boisson aux soirées. Gros buzz. Les étudiants ont joué le jeu à fond, jusqu'à designer des ambiances de toilettes : tropicale, Chine fantasmée, chalet suisse. Avec plein de trouvailles et d'options : fenêtre avec vue, playlist anti-prout, désodorisants aux huiles essentielles. Tout pour qu'on aille chier chez eux plutôt que chez le voisin. La folie. Et les étudiants se laissaient des commentaires distingués :

J'ai passé un moment charmant dans les toilettes de S…

Pour un voyage tout en douceur !

Mention spéciale au PQ molletonné à l'eucalyptus !

En voyant l'enthousiasme autour de notre idée de merde, les profs nous ont saqués, et l'appréciation est tombée : « Il faudrait songer à dépasser le stade anal. » Mais les Américains, eux, ont adoré ! En précisant que, dans une ville touristique comme Paris, où les toilettes publiques sont une honte, ça marcherait forcément. « Bonne analyse de la réalité du territoire et des envies clients. Good job. » Les profs étaient sur le cul. Un an de stage dans la Silicon Valley. La Mecque de la tech. On a blasté toute l'école. Là, j'ai su que la Californie était faite pour moi, ou plutôt moi pour elle. Ça fait donc près d'un an que je suis là. J'ai l'impression d'être arrivé y a un millénaire, mais un millénaire qui aurait bizarrement duré dix secondes.

On logeait dans un de ces lotissements de fausses villes, tout entières dédiées à la productivité. Huit guys par pièce, chacun dans son pod de trois mètres carrés, empilés comme des containers de marchandises sur un cargo. C'était drôle, on jouait à Warcraft en descendant des Lagunitas, l'un au-dessus de l'autre, on planifiait des conquêtes de villes médiévales. Mais moi, je suis vite claustro, alors rapidement, je l'ai laissé se bastonner avec les Orcs et les Hauts-Elfes pour me lancer à la conquête de meufs.

J'ai pas hâte de retourner là-bas, avec les gros winneurs. Quand t'as plus de boulot, c'est pas génial de traîner au milieu de tous ces types qui bossent comme des tarés, même au resto, même quand ils sont sur un banc, même quand ils se promènent. Au bout d'un moment, t'en peux plus de pas pouvoir boire le moindre café sans qu'un gars derrière toi lèche le cul d'un autre en lui pitchant une idée d'appli pour changer le monde. Et puis, certains donnent le change avec des belles fringues, mais ils logent des dizaines de kilomètres après les lotissements, dans des parkings de caravanes. Où crèche probablement aussi le serveur qui leur apporte leur latte macchiato, ainsi que les femmes de ménage qui font briller les bureaux et les ouvriers qui refont la route. Tellement d'argent virtuel ici, et impossible d'habiter sous un vrai toit.

Karim, réponds, merde, j'aimerais bien reprendre notre petit buddy movie là où il en était. Je m'accroupis, tellement ça me fatigue de regarder les petits points de suspension qui s'énervent mais qui accouchent pas. Comme les grains d'un sablier infini. L'inventeur de cette attente animée doit vraiment périr en enfer. VRRRT ! un message, enfin :

Salut mec. Déso, ton pod est pris.
On en avait parlé, je croyais que t'étais OK.
Bisou.

Inari s'est approchée de moi, on dirait qu'elle lit par-dessus mon épaule. Non mais tu peux le croire, ça, Inari ? « Bisou », ouais. Effectivement, il m'en avait vaguement parlé de relouer mon pod. Bye bye mes trois mètres carrés à sept cent cinquante dollars le mois.

Les rues dessinent leur joyeux quadrillage. Y a bien une autre case quelque part où je pourrais m'agencer. Le freezing brouillard me tombe dessus. Faut redescendre les toutous, parce que là, on est pile dans le nuage, et j'ai pas pris mon blouson. Le sentier tournicote autour du sommet de la colline. Ce gros lourd de Giant arrête pas de renifler Inari, je lui attrape le cou pour qu'il arrête.

« Stop, Giant, STOP. T'as pigé ? Allez, Giant ! Bouffey, tchhh ! Tout doux. Faites pas les cons. Swing ! »

La bande de chiens s'exécute. Sauf Bouffey qui me regarde. Je l'imagine congelé comme ça, langue pendante. Les laisses sont tout emmêlées, je détache mes chiens et les laisse courir sur le sentier boisé qui descend en pente raide jusqu'aux pelouses. Ça me fait courir aussi. Seule Inari reste en arrière, à trottiner comme une duchesse en peluche. Je prends une photo d'elle, toute claire dans les feuillages sombres. Dans le cadre, j'aperçois une couverture dressée sur deux bâtons qui protège un vieux matelas. Un campement de homeless. J'essaie de décadrer mais la petite chienne se barre et, au milieu de ma photo, il y a maintenant une basket noire défoncée, seule, qui finit sa vie.

3.

Lancer la baballe et rebondir

Ting ! j'ai une notification fatale de mon appli Photos :

Il y a un an.

Un selfie avec Bobby, mon voisin de bureau. C'est l'enfer, ce ressassement technologique. Certaines applis veulent te faire courir, avancer, et d'autres prennent un malin plaisir à te ramener inlassablement dans le passé. Je voulais plus penser à mes ex-stupides-collègues, mais mon pouce a décidé de remonter dans ma timeline, vers la ribambelle de photos des locaux gigantesques de Puluuluk. Des bureaux qui ressemblent à une base de loisirs, au paradis des geeks. Le coin avec les flippers et trois jeux d'arcade qui datent d'avant ma naissance. Le coin pour les batailles de polochons, la balançoire accrochée à un arbre géant au milieu de la cafétéria. Les tables de la salle de réunion qui se transforment en ping-pong ou en baby-foot. Le bar à cocktails, les machines à pop-corn. Une enfilade de vélos elliptiques face à un aquarium géant. Et, bien sûr, la piscine. En forme de cerveau. Tout était pensé pour nous faire oublier qu'on était en train de bosser. C'était pas rare qu'on fasse un water-polo le soir au coucher du soleil. Même Bitcoin, le chien de la boîte, la mascotte, venait batifoler dans l'eau. Puis apéro. Puis barbeuc du jeudi soir. Le boss venait lui-même griller les steaks pour offrir les fumées aux dieux du business. Y avait pas loin d'une vingtaine de poivres différents. D'après lui, c'était là, devant les montagnes, un daïquiri à la main et de l'eau chlorée dans le cou, que se pointaient les meilleures idées. Je les ai bien scrutées, ces montagnes, à me demander combien de types sont devenus milliardaires en les regardant. Je pourrais les dessiner tellement elles sont imprimées sous mes paupières.

Le business de Brian Brojynski, le boss de Puluuluk ? Des gammes d'applis personnalisées, tout simplement. Un tour de magie. Il ne produit rien lui-même, juste de la glue pour agréger les datas et améliorer les algorithmes déjà existants. Un business plan uniquement fondé sur le vertige, sur l'angoisse moderne face au tsunami d'applis qui nous déferle dessus chaque jour, tous ces milliers de petits carrés colorés sur nos écrans qui nous disent quoi faire de nos journées. Laquelle va nous aider à être plus productif, plus sportif, moins stressé, plus spirituel ? Au bout d'un moment, gérer les abonnements devient un casse-tête en soi. Alors, Brian s'est dit : Jésus ! Il faut une appli pour gérer les applis !

Ordonner le chaos, proposer des bouquets personnalisés selon les profils d'utilisateurs. Pour les grands anxieux, des applis de méditation, de planification, de détente. Pour les procrastinateurs, des applis de motivation, les applis-béquilles comme on les appelle. Le tout basé sur des profils à plusieurs curseurs. Émotivité, confiance, rapport à la consommation, et surtout temps de réaction à la publicité. Et puis, bien sûr, origine géographique, ethnique, montant du salaire, dernières destinations de vacances, communauté religieuse, photos likées sur Insta, interactions Facebook, etc. Je passais mes journées à compiler ces données « commerciales » et « psycho-émotionnelles » pour aider les ingénieurs à développer de nouveaux modèles et susciter de nouveaux désirs. Car les applis sont addictives au début mais deviennent vite ennuyeuses, comme toutes les relations. Et puis, la vie change. Si t'as un cancer, tu revois tes priorités, et t'as moins envie de ton appli de paris en ligne ou de jeux de hasard, vu que tu te dis que t'as vraiment pas de bol, et que tu dois payer ton traitement. L'actualité joue beaucoup aussi. Un attentat quelque part ? Dans la journée, les applis de calme intérieur et d'autohypnose vont décoller. Au fond, les gens ne veulent pas être libres de choisir, trop flippés de rater l'application qui peut changer leur vie. Quant à « Puluuluk », ça veut dire « lune » dans un dialecte Miwok, ou je ne sais quelle tribu amérindienne. Oui, ça n'a aucun rapport, pourquoi « lune » ? Apparemment, Brian voulait respecter les esprits du lieu, au cas où les locaux de la boîte seraient construits sur un cimetière indien. Le logo lune est sympa, mais, selon lui, des trolls mal intentionnés ont voulu le faire couler en suggérant que c'était un croissant islamique. Jamais vu aucune trace de cette rumeur nulle part, mais ça lui faisait bien plaisir de la propager.

Puluuluk est devenue une licorne en moins de quatre ans. Tous les producteurs d'applis ont afflué en masse pour signer des partenariats. Brillant Brian. Et, bien sûr, depuis, il leur revend les données et propulse les applis de ses meilleurs clients. Voilà, c'est tout simple finalement de prévoir et d'influencer le comportement des utilisateurs.

Les montagnes, la piscine et les datas. Nous aussi, d'ailleurs, on carburait tous aux applis de créativité : Brain Boost, Creactivity, Get Shit Done ! Les plus accros avaient même Pause, l'appli pour faire des pauses, en ne faisant strictement rien à part contempler des bulles sur ton écran. Brian voulait qu'on installe tous l'appli Pyness, un de ses meilleurs clients, qui permet de créer un vrai gameplay du quotidien. C'est un peu comme jouer au Sims avec soi-même. On choisit un programme, de grands domaines de satisfaction (forme physique, objectifs de travail, objectifs personnels, découvertes, spiritualité…), et on a des défis, des médailles à gagner, des jauges à remplir. Et un petit arbre en 3D envoie des conseils plusieurs fois par jour, il fait même des fleurs quand il est content de nous. Y a Memento Mori aussi, l'appli stoïciste, qui te rappelle à tout moment que la mort fait partie de la vie et que tu ferais bien de réaliser rapido ton plein potentiel.

Le film s'est arrêté un peu vite. Comme avec Diane, finalement ; je vois jamais venir le carton *The End.* Je suis entré dans le bureau de Brian avec ma démarche de branleur qui ne se doute de rien. Le décor était plutôt pas mal pour une dernière scène, meublé avec parcimonie, du bois clair, du métal, une baie vitrée offrant une vue panoramique sur la piscine et sur les montagnes environnantes. Dans cette foutue région, tu te sens dans un plan de film ou de série quoi que tu fasses, c'est rare que le cinéma et les cartes postales arrêtent deux minutes de te squatter l'encéphale.

Brian me dominait de toute sa carrure de joueur de football américain avec sa grosse figure luisante d'autosatisfaction. Derrière lui, une mosaïque géante de portraits en photos illustrait les six grands groupes d'émotions. Joie, tristesse, peur, colère, surprise, dégoût… Plein de visages du monde entier regardaient, bouche ouverte, yeux plissés… Il a commencé par me tartiner tout un speech comme quoi c'est hyper important l'esprit d'équipe. Je ne sais pas si c'était parce que j'avais loupé un barbecue ou le stage « Quel est mon animal totem ? » mais il m'a bien fait sentir que j'étais pas du tout au max de mon potentiel d'employé. En arrière-plan, un rayon de soleil orange prenait un malin plaisir à balancer des zébrures sur le mur.

Puis, il a fait défiler des schémas et des tableaux sur son ordi, des camemberts et des diagrammes qui montraient mes statistiques de concentration et de productivité. Toutes ces joyeuses infographies me concernaient, moi. Et là, bim, le couperet est tombé :

« Tu as une assez bonne conscience de toi, mais ce qui m'embête, ce sont tes scores en “sensibilité au contexte” et en “perspective”. Ton style émotionnel risque, à long terme, de déstabiliser l'équipe. »

Mon « style émotionnel » ? Pourtant, j'avais bien grugé les tests de personnalité ; si j'avais répondu sincèrement, il m'aurait fait enfermer, c'est presque pire que du terrorisme de dégager de la négativité ici. Je me suis demandé d'où il avait des infos sur mon style émotionnel, peut-être qu'on était filmés, peut-être qu'il y avait un détecteur d'ironie, des capteurs d'hypocrisie ? Tout à coup, il a pris une voix solennelle de vieux gourou qui va dire un truc très important.

« Tu sais, je viens ici tous les jours que Dieu fait, en ayant à cœur de réinventer le management pour que chacun puisse apporter le meilleur de lui-même au sein de mes équipes. Et toi… t'es pas encore prêt. T'as pas bien lu ta convention de stage ? »

Bref, il lui manquait des données sur moi, et ça le faisait grave stresser. Il me trouvait renfermé, tout ça parce que j'avais séché les debriefs hebdomadaires avec le happiness manager.

« Je suis désolé, Brian, c'est vrai qu'en ce moment je… j'ai du mal à communiquer parce que… »

J'ai voulu inventer un décès dans ma famille ou un animal de compagnie en fin de vie, mais j'ai eu la flemme. Il a continué à me baratiner avec ses trucs de management émotionnel, comme si c'était pas déjà suffisamment humiliant. Vire-moi mec, on va pas non plus analyser mon incompétence pendant des heures.

« Tu sais, il y a deux manières de voir un échec. Soit ça te met par terre et tu dois tout reconstruire. Soit tu rebondis, en utilisant les bases déjà acquises pour t'élever encore plus haut.

— C'est une citation de Lao-Tseu ?

— Il y a toujours une part d'injustice dans ces décisions. Tu sais qui a subi des injustices au début de sa carrière ? »

Steve Jobs ? Bill Gates ? J'ai rien répondu, et il a enchaîné avec son sourire de winneur.

« 100 % des entrepreneurs. L'échec fait partie du chemin. Tu te souviendras plus tard de cette conversation, et tu te diras : c'était mon premier échec. Y en aura d'autres mais sache que le revers de l'échec, c'est l'opportunité. Si tu acceptes de voir les deux côtés de la médaille, c'est une occasion en or de muscler ta résilience. »

Et il a regardé au loin, d'un air profond et émerveillé, comme s'il voyait Jésus en train de marcher sur l'eau de la piscine. C'était pas facile de ne pas exploser de rire ou de désespoir, mais j'ai remis en place ma poker face et j'ai juste dit :

« Brian, merci, c'était un plaisir de t'avoir comme boss. C'était une expérience… amazing ! »

Amazing. C'est la base, pour survivre ici, de maîtriser l'emploi d'amazing. Amazing, c'est la surprise, la joie, la reconnaissance du génie, tout à la fois. Amazing, c'est une sorte de révélation constante. Amazing, le café ! Amazing, ce jeu vidéo ! Amazing, ce bouquin de management ! Amazing, ce post Instagram ! Amazing, cette sauce chili ! Wow ! Amazing, cette façon de virer les gens ! Ça me rendait dingue. Mais bref, je voulais quitter le bureau sur ces mots, en mode badass, et là… ding ! Le petit gong de l'appli Pyness a retenti sur mon téléphone. Brian a souri d'un air entendu.

« Ha ! Pyness ! Tu es en train de vivre une émotion négative, ne la fuis pas, il faut la prendre en compte. »

J'ai regardé mon écran. Cette saloperie d'appli m'a envoyé une image de cours d'eau pour me tranquilliser. Sérieusement, ça donne plutôt envie de foutre le feu, des trucs pareils. D'un coup, je me suis visualisé dans un jeu vidéo, en train de poser le chien sur le barbeuc et les flippers dans la piscine. Et au lieu de claquer la porte en sortant, je créais un mur de briques, et on pouvait mater Brian à travers sa vitre blindée en train de mourir de faim dans son bureau.

Mes jeunes collègues s'étaient attroupés avec des visages exagérément tristes, plantés dans leur uniforme T-shirt/baskets. Comme si on avait tapé dans une banque d'images les mots-clés #déception #corporate.

Ils ont entrepris chacun à son tour de me donner une tape amicale dans le dos. Au bout de trois personnes, ça devient assez lassant, alors sept… Je me suis massé l'omoplate en essayant de rester cool.

« Arrêtez, les gars, on dirait que quelqu'un est mort. »

Cet hypocrite de Karim s'est avancé pour m'infliger une dernière virile accolade.

« Compte sur moi, mec, je te lâche pas. Je finis mon stage et je nous trouve un job tous les deux. On les nique tous.

— T'inquiète, mec. C'est pas un échec, c'est une opportunité. »

Cet hypocrite de Karim m'a regardé m'en aller façon lonesome cow-boy sur fond de soleil couchant et quitter ce jeu dont j'avais pas vraiment pigé les règles. Fin du film. C'est pas un échec, c'est une opportunité. Désolé, mais en français, on voit tout de suite que c'est de la merde, ces phrases. Ça tombe à plat, y a pas le swing. Ça rebondit pas.

C'est épuisant, ces souvenirs, j'ai juste envie de me rouler dans la pelouse et de la renifler, comme les chiens, mais c'est carrément trop humide. Je pose mon cul sur une racine en contemplant leurs jeux débiles. C'est fou à quel point les gens ont l'air heureux et en bonne santé dans ce parc. Même les arbres semblent joyeux, comme s'ils avaient réalisé leur plein potentiel, à l'aise. Même les feuilles mortes sont photogéniques, et s'arrangent pour tomber artistiquement.

Après mon éjection de Puluuluk, j'ai quand même vraiment rebondi. Ça m'hallucinait grave qu'ils soient tous toqués des iench, ici, c'est vraiment super massif. Du coup, je me suis inscrit sur le réseau DoggieSF, et j'ai concocté un petit profil en toute simplicité :

Après un burn-out, je me suis recentré sur ma vraie passion, les chiens, et je suis actuellement une formation en behaviorism canin.

C'est tellement abusé que c'est pas loin d'être crédible. La sagesse des réseaux sociaux l'enseigne assez vite, *Fake it till you make it*. Pour illustrer ma page, j'ai fait une petite mosaïque avec des expressions canines, un peu comme le tableau dans le bureau de

Brian. En anthropomorphisant un maximum. Mais là, quand je vois leur gueule, à ces cons de toutous, impossible d'imaginer ce qu'ils ont dans leur petit crâne.

Enfin, il va falloir rebondir encore, comme une petite balle fluo qui va se faire choper par les crocs baveux du chien du destin.

« Merci à tous d'être là. Je suis très fier, vous savez, d'être sur cette scène, d'avoir l'opportunité de participer à cette conférence TEDx, pour partager mon expérience avec vous. Parce que, si on est là, en train de livrer une part de récit personnel au monde, c'est déjà qu'on en a un, de récit personnel. Mais dites-moi… Qui a un chien dans la salle ? Oh ! Plus de la moitié, on dirait ! Et donc, j'ai décidé de garder des chiens. Pourquoi ? me direz-vous. J'ai vu, j'ai entrevu qu'ici les chiens, c'était tout un univers, qu'on les bichonnait, qu'on les adorait, qu'on pouvait parfois les emmener au boulot. Moi, les chiens, je ne connaissais pas trop, et même, j'en avais un peu peur quand j'étais petit. Mais j'avais envie de faire partie de cette grande chaîne d'amour et de vaincre ma peur. Je leur lançais des balles, je courais avec eux et ils m'ont énormément appris sur moi-même… C'est dans un parc, en jouant avec des chiens, que j'ai eu la vision ! Regardez, j'ai même la photo… (Sur l'écran apparaît la slide intitulée "La vision de Buena Vista Park".) »

Je m'accroupis et je prends un selfie en plongée avec tous les chiens qui courent derrière moi. Inari entre dans le champ, toute floue comme une balle de coton ou de barbe à papa, à l'arrière-plan. Ça commence pas si mal, mon petit discours de conférence TEDx, faut juste trouver la putain d'idée qui vaudra la peine d'être racontée en public en se la pétant un maximum. J'essaie de toutes mes forces de me projeter dans le futur. Qu'est-ce que je ferais si j'étais un gros winneur, hein, Inari ?

Déjà, avoir un endroit où dormir peut-être. Sur Airbnb, c'est fou, y a plus que des apparts gigantesques. Et sur Expedia, il reste des chambres d'hôtel mais j'ai pas les moyens, à moins de vendre un rein sur le dark web. Ça doit être à cause de la conférence Dream Force. Dans le Financial District, on les voit de loin, leurs tours habillées d'écrans qui diffusent des images de cascades, avec des passerelles de verdure. Pas moins de dix mille commerciaux de toute la planète se précipitent à la grand-messe en chemise hawaïenne, et ces connards squattent tous les hôtels. San Francisco est sous-équipée en chambres et locations ; c'est une baie, ils ne peuvent plus bâtir grand-chose. Et puis, avec leurs saloperies de maisons à deux, trois étages, ils sont à l'étroit.

Les chiens me collent et me jappent autour. Swing salive sévère sur mon écran fêlé, avec sa bave radioactive, il va me noyer les composants. Pas moyen de se concentrer. Je sors les baballes et ils deviennent tous dingues comme des gosses hyperactifs à l'heure de la récré. Sauf Inari, elle a la flemme. Je lui caresse la tête, et elle plisse les yeux, heureuse. Ça a l'air crevant d'être aussi kawaii tout le temps. Swing rapporte sa balle pleine de bave et je la lui relance. De l'autre côté de la grille, un gosse s'approche des chiens. Il désigne Giant. S'il continue à passer son bras à travers le grillage, Giant pourrait aisément lui sectionner d'un coup de mâchoire. Je les siffle. Putain, il a pas de parents ou quoi ? Arme secrète : j'agite la boîte à biscuits, les cinq chiens se ruent vers moi au galop comme si leur vie en dépendait. Le gamin s'en va un peu plus loin, vexé, mais au moins, il a tous ses bras. Sa nounou mexicaine, occupée à faire un Facetime, le rattrape et l'enlace chaleureusement. Ils font des coucous à l'écran.

Distribution de biscuits, sauf pour Bouffey, qui en plus de parler français est allergique aux arachides. Lui a droit à sa barre perso bison séché-graines de courge. Les chiens se lèchent les babines. C'est drôle, quand je mate mon smartphone, Inari se colle à moi en ouvrant la bouche, genre vas-y, fais un selfie avec moi. Elle doit être dressée à poser. En farfouillant un peu sur Insta, grâce aux hashtags #lovepuppies #spitz, je finis par trouver le compte de sa maîtresse, @GeenaLifeisBeauty. Effectivement, pas mal de tof d'Inari… En deux secondes, je l'ai cernée – poses classiques où on voit bien les seins, photos dans les lieux « inratables » où tous les photographes amateurs font la queue – une vraie mytho d'Instagram. Y a même des photos d'elle dans un pseudo jet privé, Inari installée sur un siège à côté. Je sais où j'ai déjà vu ce jet, il s'agit d'un décor loué par une agence d'influenceurs, FollowMe. Ils m'ont approché pour me démontrer l'étendue de leurs services : studio fond vert pour incruster n'importe quelle plage des Bahamas, ou un resto chic, photoshopage d'amélioration de tes clichés et même option « coup de pouce » avec l'achat de followers. Ma pauvre Inari, ta maîtresse m'a l'air totalement insecure… Ses accessoires Chanel, elle doit les prendre en photo et les rapporter en magasin ensuite. Pourtant, elle est vraiment jolie… Un profil + + sur Tinder à coup sûr. Inari au milieu des fleurs. La petite langue rose d'Inari qui lui chatouille l'oreille. Elle promène sa main noire dans son pelage, l'enlace pour la câliner. Un peu de cosplay, aussi : des tas de costumes d'Halloween assortis à ceux de sa maîtresse. Inari et elle en vampirettes, en indiennes. Quel enfer, elle a fait un sondage pour que les followers choisissent les costumes. Et donc des êtres humains ont voté et élu la panoplie Reine des neiges pour la fille et pour la chienne.

Bzz ! Encore des petits cœurs collectés par mes photos de chiens. Mais aucun venant de Diane, bien sûr. Faut que je m'y fasse, je suis de l'autre côté du miroir, le miroir de l'autre, on mate encore, mais on a perdu le chemin pour traverser.

Mes doigts scrollent jusqu'à son compte, par réflexe. Va falloir se déconditionner sévère. Je m'efforce de balayer très vite sa story, en espérant qu'elle ne verra pas que je l'ai regardée. On voit des images de sa retraite actuelle au Chili. Montagne crayeuse, montagne ocre, désert de cailloux. Elle est partie sur la Lune ou quoi ? L'intitulé de son stage c'est « Féminité profonde et nage avec les dauphins ». Des femmes en bikini blanc qui se laissent aller au milieu d'une meute de dauphins, j'entends d'ici leur bruit dégueulasse – ekekekek. Tu n'es pas au courant, Diane, que les dauphins, c'est des connards ? Harcèlement subaquatique et viols en réunion ? C'est des gros psychopathes du sexe. Ils coincent des femelles, ils essaient de se taper des humaines. Je suis à deux doigts de lui poster en commentaire ce gif animé avec un dauphin qui surgit de l'eau devant une fille assise sur un ponton, la renverse et s'agite sur elle comme un gros dégueulasse. Du coup, je tombe sur une vidéo surréaliste d'un groupe de dauphins qui se droguent littéralement avec un poisson toxique. Ils se lancent, comme un ballon, le poiscaille qui pète un nuage de fumée chelou. Et ils se tiennent tout raides et nagent bizarre, complètement de traviole. C'est à ces mammifères dégénérés que tu confies ta féminité, Diane ? Au secours.

Je sens comme le poids d'un regard. C'est Inari qui me mate, qui me toise même, je dirais. Ça fait trop pitié, là, le mec jaloux des dauphins ?

À la base, je cherchais pas une chambre, moi ? Sans déconner, mon cerveau joue à saute-mouton. J'ai une appli de concentration en plus.

« Cherche sur Airbnb. Une chambre pour ce soir. »

Y a pas grand-chose, à moins de débourser quatre cent cinquante dollars pour une nuit. J'envoie deux messages pour des chambres, carrément à Oakland. Putain, cent vingt-cinq dollars la piaule dans un quartier hyper loin, les mecs s'emmerdent pas. Je tente le coup, j'envoie un mail au proprio.

Ting ! Une notification de Pyness, le petit arbre clignote comme s'il me faisait un clin d'œil et me balance une notification pour un nouveau module de coaching :

Vous traversez une rupture ? Découvrez le module commando et les conseils indispensables pour vous guider dans toutes les étapes du deuil amoureux, gérer vos émotions et vaincre la tristesse pour rebondir.

OK, bien ciblé, bravo. Je ne sais pas quelle tête je fais exactement au niveau du style émotionnel. Pourquoi il me propose ça, précisément aujourd'hui ? À aucun moment j'ai signifié à cette appli de merde que j'étais en couple. D'ailleurs, on n'était pas en couple, donc techniquement, on ne peut pas parler de rupture. Et comment le sait-il, cet arbre malicieux ? À cause des mots-clés interceptés par la Google box ? Genre tous les appareils connectés sont informés que tu t'es fait larguer, te balancent la grosse artillerie : réconfort + retour sur Tinder et autres places boursières des célib ? Deuil amoureux, vaincre la tristesse, ha ha ! Faut pas exagérer quand même. Ou alors c'est *elle* qui a suggéré mon compte, pour se déculpabiliser ? Diane, est-ce que c'est toi qui m'envoies ce « cadeau » ? Va bien te faire foutre avec les dauphins, toi et ta compassion de merde.

Je suis sur le point de lui envoyer un message pour lui dire ce que j'en pense mais mes yeux tombent sur le conseil n° 1, en preview du programme Commando deuil amoureux :

Silence radio.

Si on vous a quitté, il ne faut pas demander des comptes.

Acceptez la décision de l'autre, profitez de ce recul pour vous poser les bonnes questions.

C'est quoi les bonnes questions ? Et si je fumais un joint ?

4.
Yogadog

J'ai quand même effleuré du doigt le module Commando deuil amoureux, juste par curiosité. Au secours, les graphismes sont pile dans cette tendance immonde à représenter des personnages sans yeux ni bouche, des silhouettes ultra-colorées, mais sans visage. C'est effrayant. Un faceless guy, appuyé sur son poing, semble au bout de sa vie ; au-dessus de sa tête, une bulle suggère qu'il pense à une fille, également sans visage. Heureusement, je ne suis pas du tout dans cette situation, aucun mal à respecter le silence radio. Simplement, il conseille aussi de se désabonner du compte de l'ex, pour ne pas alimenter l'histoire, les habitudes de pensées. OK, rien de plus simple.

« T'as vu, Inari ? C'est bon, je me suis désabonné. »

Et je regrette aussitôt de n'avoir pas vérifié si elle était bien en ligne, pour qu'elle remarque mon désabonnement. À mon avis, elle doit être en train de nager ou de faire un ballet aquatique, et elle prend pas son smartphone dans l'eau. Ces enflures de dauphins seraient capables de le chourer.

Je me sens quand même plus léger, je valide, l'application me félicite et je clique sur la deuxième étape. Le petit arbre sautille gaiement :

Ne vous apitoyez pas sur vous-même, sortez, bougez ! Il faut changer de perspective.

Allez les toutous, on se bouge vers le dog training park ! Je quitte le chemin pour traverser un coin boisé. Mes baskets deviennent plus foncées au bout, elles prennent l'humidité. Les chiens accélèrent et jouent avec les feuilles. Je fais un arrêt au bord d'un petit lac caché dans les fourrés en espérant que l'inspiration me tombe dessus. Un minuscule oiseau aux reflets bleus se pose sur un arbre aux branches tordues, et des corbeaux l'engueulent d'interrompre leur conciliabule.

Je m'oblige à prendre une photo, et je me fends d'un haïku même si le cœur n'y est pas. #haïkulifornia

On torturous branches, a blue bird lands
Burst of cackles
Here they invented Twitter[1].

Mes chiens déboulent et font fuir tous les piafs. Les likes tardent à s'afficher aujourd'hui. Pour pas devenir dingue, je range mon téléphone mais, le temps de traverser la pelouse recouverte de feuilles craquantes, il se retrouve dans ma main. Quarante-sept likes seulement (et aucun de Diane). Les chiens s'impatientent autour de moi. On avance, et des aboiements déferlent dans mes oreilles avant même que j'aie aperçu le grillage du terrain pour chiens, la route et les jeeps garées. Dans le périmètre réservé, sur la terre battue, les dog-walkers courent, tapent sur leurs cuisses, et gueulent au milieu des trou-

1. Sur des branches tortueuses, un oiseau bleu se pose / Ça jacasse, ça glousse / Ici, ils ont inventé Twitter.

peaux de chiens tout fous. Un vieux beau, stetson sur sa crinière blanche, qui se la joue cow-boy, jambes écartées sur un cheval imaginaire. J'ai déjà tapé la discute avec lui, c'est un retraité, obligé de promener des chiens pour boucler ses fins de mois. Mais il kiffe, il se prend pour un chef de meute. Aucune envie de lui parler, juste de m'aplatir par terre et de faire une sieste. Je tire les chiens dans le sens inverse. Je dégaine ma crosse en plastique fluo, au design pensé pour ramasser les balles sans se baisser. Je lance d'un geste puissant, les chiens courent et reviennent. Au Paléolithique, l'homme a inventé le propulseur pour lancer des sagaies sur le gibier. Au XXIe siècle, on s'en sert pour lancer des baballes aux chiens. Inari me regarde, elle ne pige pas l'intérêt de ce jeu. On est deux.

Soudain, la réalité vibre autour de moi. Tremblement de terre ? Aboiements sur tous les tons. Et voilà Libby qui entre en scène, telle une reine, avec une ceinture où toutes les laisses sont accrochées. Sa traîne canine compte au moins vingt membres de toutes tailles, poids et couleurs. Une mer de poils agités. Comme si elle allait sonner l'hallali d'une chasse à courre, elle s'arrête, fait un petit bruit autoritaire avec sa bouche, et la meute s'immobilise. Preston et Giant s'empressent de pisser pour marquer leur arbre. Bouffey aboie, paniqué. Que faire ? S'élancer vers le troupeau ? Renifler des arrière-trains ? Le plus tranquille des toutous peut vite partir en vrille face à des congénères en bande organisée.

Je lui dis, en français :

« Calme, calme, reste tranquille. »

Libby nous contemple, amusée. C'est un des pièges de ce boulot. Tu crois que t'es capable de t'occuper de quelques animaux, mais faut réussir à les contrôler face à des hordes entières de clebs avec qui il faut partager tous les parcs. C'est là qu'on distingue les pros des blaireaux dans mon genre. Elle, c'est une vraie de vraie dog-walkeuse, en troisième année à l'institut de psychologie canine. Et elle est indépendante, elle, une entrepreneuse, pas une employée aux ordres d'une appli, comme moi. Casquette vissée sur la tête et baskets fluo assorties à ses laisses, elle est tellement parfaite, des seins aux jambes, aux ongles aux dents… La santé de cette fille est éblouissante, c'est douloureux à regarder. Elle sourit tout le temps. Comme toutes les meufs ici, elles doivent avoir des crampes aux joues, à force. Elle secoue sa queue-de-cheval, tape dans les mains, et les chiens lui obéissent, la gueule ouverte, les yeux frétillants. Ça doit être exactement pareil pour les mecs. J'en fais des tonnes aussi, histoire de ne pas avoir l'air trop mou, mais mes chiens restent immobiles. Preston se couche devant Libby en signe de soumission. Inari la snobe.

Et puis, miracle, Libby m'adresse la parole et me propose de participer à son cours de yoga canin. Parce que les gens ne se contentent pas de lui refiler leur chien, ils lui confient aussi leur symbiose homme-animal. Je bredouille que j'ai pas ma tenue de yoga ni de tapis mais que je vais regarder. Et elle s'élance d'un pas élastique en balançant de la queue-de-cheval, une vraie amazone chevauchant un cerbère à mille têtes. Je presse le pas pour la rattraper. C'est un peu compliqué de se parler sans crier avec les chiens qui grouillent autour de nos jambes.

Grand seigneur, je lui tends mon joint.

« Heu… non, c'est bon, pas pendant le service ! Moi, je carbure à ça. »

Elle me tend une tablette de chocolat vitaminé, Energy Snack.

« C'est pour les chiens ou pour les humains ?

— T'es con… C'est du cacao cru, hyper énergétique. T'en veux ?

— Ouais… mais attends, avec la beuh, ça risque pas de me rendre trop heureux d'un coup ?

— Ça se tente ! »

C'est vrai, Libby, ça se tente, je croque son chocolat, tellement noir et brut que ça laisse un goût atrocement amer dans la bouche. Elle voit direct que j'aime pas ça et rigole. Puis je fais le con avec une mine extatique… Elle rigole encore. Je sais que tu vois clair dans mon esprit, Libby.

On arrive à la pelouse triangulaire, où elle donne son cours. Elle se met sous l'ombre du grand palmier et déroule son tapis. Aussitôt Bouffey s'approche de sa jambe et se frotte. Je le siffle.

« Hé ho, gros dégueulasse, arrête ça ! »

Elle se marre. Si tu savais, Libby, ce qu'on peut envier les chiens parfois. Inari est figée, pensive, comme si elle essayait d'apercevoir le Pacifique. Qu'est-ce qui se passe dans sa tête, est-ce qu'elle est heureuse d'être une chienne ?

« Tu crois qu'elle se met là parce qu'elle regarde la mer ? Les chiens peuvent contempler l'horizon ?

— Non. Ils voient peu de couleurs, des teintes passées, l'horizon doit être tout arrondi. Et ça dépend des races et de la place des yeux. »

Un Instagram avec des photos en « vision chien », ça, ce serait un changement de perspective, hein, Diane ? Toi qui aimes les animaux.

Libby observe Inari.

« Peut-être qu'elle s'entend pas avec les autres ?

— Ouais, elle est trop snob ! »

Libby l'appelle avec un bruit de bouche, Inari dresse à peine l'oreille.

« Elle est pas sourde, en tout cas. Juste, elle nous ignore. Peut-être qu'elle est triste.

— Tu crois qu'une chienne mignonne comme ça peut avoir des idées noires ?

— Bien sûr, ça existe, les chiens dépressifs.

— Avec toi, ils doivent pas rester en dépression longtemps. »

Elle hausse les épaules en souriant. Puis d'un coup, elle hurle d'une voix de cow-girl.

« Hey ! Colorado ! Assis ! »

Le Colorado en question s'assoit direct. Je baisse la voix et le regard pour lui montrer que moi aussi je peux être doux, affectueux et obéissant.

« Dis, Libby, je voulais te demander : t'as des applis à me conseiller pour les chiens ? »

Les écrans de son téléphone défilent, remplis de logos, des tonnes de chiens stylisés. Elle a tout : trajets et statistiques de promenades, calories dépensées, gestion alimentaire.

« J'aimerais développer des applis pour les chiens, et pas que pour leurs maîtres, tu vois ce que je veux dire ? Si tu penses à des trucs, ça m'intéresserait vraiment qu'on en parle. »

Non, Libby, ça m'intéresse pas du tout mais j'espère que tu apprécies mes efforts pour faire la conversation. Je suis en plein changement de perspective, vois-tu.

« Hmmm. Moui, y a un truc qui me servirait bien, ce serait une appli qui trouverait des musiques avec des fréquences spécifiques. Pour mes cours, des musiques de relaxation qui seraient aussi efficaces sur les chiens.

— Ouais, genre des ultrasons ou des trucs comme ça ? »

J'aimerais tellement continuer la conversation mais l'heure du cours approche, des gens en legging commencent à arriver au compte-gouttes et récupèrent leur chien. Je rame pour conserver son attention.

« Et sinon, imaginons un calcul de compatibilité des… des styles émotionnels… Pour bien choisir ton compagnon de vie, selon ton caractère. Avec une plate-forme d'échange… si jamais tu t'es planté, et que tu veux être sûr que tu confies ton chien à quelqu'un qui va bien s'entendre avec lui.

— Ha ha ha, un Tinder pour chien, quoi !

— Tinderdog, oui, c'est pas con… »

Comme je suis en mode rebond, je tente direct :

« Et toi, t'as un mec, Libby ? »

Elle continue à sourire, imperturbable, mais répond

d'une voix ferme, sans faille, comme si elle parlait à un de ses chiens.

« Ouais, désolée, j'ai totalement un mec. »

Je m'écroule dans l'herbe, en chantonnant un game over. Same player, play again…

« Et tu veux pas en avoir deux ? Regarde combien tu gères de chiens en même temps !

— Jamais pendant le service ! »

Le pire, c'est qu'elle a aucun second degré. Elle me lance un regard offensé tout en indiquant aux dog-yogis où poser leur tapis. Elle boit une grande lampée d'eau pendant que je la dévore discrètement des yeux. Elle s'arrête net.

« Oh non, pas ça, c'est horrible… »

Elle se dirige d'un pas ulcéré vers un petit chien à poils ras qui a les couilles enduites de paillettes bleues. Sa maîtresse a le cul moulé dans un legging, pailleté également, et des lunettes noires. Libby l'engueule et la shame comme il faut… La meuf a beau brailler que c'est du gel alimentaire, elle lui explique par A + B que les paillettes, c'est hyper toxique et hyper polluant, et elle bannit carrément la fashionista de son cours. Excommuniée, la meuf. Elle revient vers moi en soupirant, et je reprends la partie.

« C'est dingue, ça me tue, cet égoïsme. Ils croient quoi, que les chiens sont des poupées ? »

J'en fais des tonnes, elle est bien réceptive.

« C'est comme les costumes d'Halloween, t'as vu ? Y en a partout, tu peux déguiser ton clebs en chat ou en vampire, ou en Reine des neiges, c'est bizarre. »

Son sourire fond sur son menton. Je sens illico que j'ai dit une grosse connerie.

« Non mais ça, c'est autre chose, tu vas pas les empoisonner avec une perruque d'Halloween ! Et ils ont bien le droit de faire la fête avec nous ! Shanya adore se déguiser. Hein, Shanya ? »

Elle caresse sa petite beagle, qui agite la tête comme pour confirmer. Ici, on rigole pas avec le droit des animaux à participer à Halloween. Elle me quitte pour commencer son cours, et je fais mine d'avoir un appel.

Dos et jambes bien droites forment des V inversés qui s'alignent vers le ciel, avec au sommet une ribambelle de culs. Humains à quatre pattes et chiens debout contre leur dos, comme pour les aider à bien aligner leurs vertèbres. Impossible que je laisse passer cette photo #yogadog.

À plat ventre, les élèves humains relèvent la tête et le haut du corps dans une reptation de cobra. La plupart sont assez athlétiques, certains ont le poil grisonnant. Les leggings sont très bariolés. On dirait que plus on a des motifs improbables, plus on est expert. Ça fait partie de l'uniforme du yogi californien, qu'ils ont imposé au monde entier, comme les applis. Libby est OK pour les photos, à condition que je la tague, ce que je m'empresse de faire. Les salutations au soleil s'enchaînent, hypnotisant les chiens qui essaient de baisser et de relever la tête au même rythme. Shanya, la chienne de la prof, fait des mouvements en traduction canine, c'est presque émouvant.

Moi, je fais tout bêtement sauter les miens sur le

parcours en rondins de bois. Une poutre, un petit ponton instable, des barrières. Je m'applique à avoir l'air de kiffer l'instant, au cas où Libby me regarderait du coin de l'œil. Sa voix de yoga est plus basse d'un ton, bien plus agréable que sa voix de cow-girl autoritaire.

« Avant de s'élancer, les chiens flairent l'atmosphère. Ils marquent une pause, prennent le temps de s'assurer du sens du vent, des présences autour, de la texture des feuilles sous leurs pattes. Imaginez-vous la terre ferme sous vos mains et vos pieds. On cambre le dos et on s'étire vers l'avant, allez, la truffe en l'air, on hume l'atmosphère ! »

Les élèves à quatre pattes émettent de petits halètements joyeux. Puis Libby se remet d'un mouvement fluide en position du lotus. Shanya aboie et s'installe sur le cadre formé par les jambes de sa maîtresse. Les humains imitent la prof, et les chiens la petite beagle.

« Caressez votre animal. Faites-lui sentir qu'il peut compter sur vous, que vous êtes sa base. Donnez-lui cette affection dont il a besoin. »

Les humains adoptent d'autres postures avec des noms d'animaux : chameaux, lézards, pigeons, corbeaux, dauphins, encore eux. Les chiens restent grosso modo en posture de chiens.

Je sors de ma rêverie yogique car ce gros balourd de Preston est en train de faire sa crotte. L'étron est posé en rond, bien fumant. Je prends un sachet en plastique biodégradable que j'enfile comme un gant, et j'empoigne le tourbillon encore chaud pour le mettre à la poubelle. C'est comme un tour de passe-passe que je fais… douze à quinze fois par jour. S'il y avait des championnats du monde de ramassage de dogshit, clair que j'aurais ma médaille, ou au moins une note de style.

J'emmène tout mon petit monde au bac à sable qui sert de toilettes canines. Je crois bien qu'ils détestent pisser là ; leur délire, c'est plutôt d'arroser un max de troncs d'arbres. Mais ils s'y résignent. Ils font là où on leur dit, ils bouffent des biscuits en forme de nonos, ils portent des perruques, des petits sweats, des poignées. On ferait n'importe quoi pour être aimé. Moi, si ça garantit que, la meuf, elle tient plus de trois semaines avant de m'abandonner, je veux bien avoir les couilles pailletées.

Shanya, la petite beagle, se met à aboyer. Peut-être qu'elle fait aussi un prêche yogique à l'attention des chiens ?

« Votre humain est coupé de sa nature animale, il combat ses instincts sans arrêt. Vous êtes sa petite dose d'affection dont il peut disposer à tout moment, au même titre que sa voiture ou son téléphone. Votre humain pense qu'il est libre mais il ne supporte pas d'être seul. Lâchez de la distance avec la laisse invisible, votre maître reviendra toujours quand les autres humains l'auront trop déçu. »

Maître Yagoundo, grand sorcier, fera revenir l'être aimé comme un chien.

Wow, il était bien, ce petit joint. Je suis carrément en pleine euphorie. Et voilà ! Pas besoin de modules de deuil en accéléré, reprogrammation émotionnelle, mon cul.

Preston se met en boule et roule sur le flanc, Bouffey continue de humer l'air. Le vent plie une de ses oreilles marron. Il courbe l'échine comme s'il captait une odeur spéciale. Certains jours, le temps paraît tellement long, une timeline paresseuse où il se passe la même chose du matin au soir. Il n'y a pas si longtemps, j'étais dans le flux. Chaque jour comme une aventure, à l'affût de la moindre particule d'idées pour en faire de l'or. Là, je regarde juste des chiens. J'aimerais bien que quelqu'un me rappelle à l'ordre. Viens ici, mets-toi là, bouge pas, allez c'est parti, on y va. Les petits bâtards, ils sont heureux de réfléchir à rien. On leur file à bouffer. Ils peuvent chier partout, on ramasse leur merde.

Ting ! C'est Tinder. Cool, j'ai quelques matchs, dont une certaine Kelly-Lou, qui me demande si j'aime voyager. Sans blague ! Non, non, moi, j'adore faire du surplace et rester dans ma rue. Quelle conne, je fais un peu semblant de m'intéresser, elle me dit qu'elle a envie de découvrir l'Alaska ou, en tout cas, un pays bien froid, et cette conversation m'épuise d'avance. Je lui pose la question : est-ce qu'elle aimerait faire du dark tourism avec moi ? La nana répond du tac au tac :

What ? Dark Tourism ?

Un tour des États-Unis pour voir tous les lieux de massacre ou les mass murders.

Je suis allé à Waco, c'est dément d'imaginer tous ces gens qui ont grillé là-bas. Tu connais ?

Tu rigoles, là ? C'est une blague ?

Ben non. T'as des énergies maléfiques dans ces endroits, c'est régénérant.

La nana me vire, faut bien réduire les possibilités. Je fais la même blague à deux ou trois filles qui ont mis « voyages » dans leurs centres d'intérêt. Y en a une qui me répond :

C'est super, moi, je reviens d'Indonésie.

Ho, ça va, le regard éploré, Inari ! Ça va, les gens sont plus endurcis que ça, tu sais. Contente-toi d'être un chien. Y a pas de honte, c'est déjà pas mal.

Ici, les gens te demandent quelle est ta religion, histoire de pouvoir te classer et envisager ta personne dans un contexte identifié. C'est pas facile de pas en avoir, de religion, c'est un peu comme si tu venais de l'espace. T'appartiens à aucune communauté de référence. Même ceux qui ont une identité sexuelle mouvante, ils savent exactement où ils se trouvent sur l'échelle des genres et des orientations. Ils ou elles ont des mots pour ça : « bi », « queer », « trans », « non-binaire »... et des étiquettes pour tous types de relations : « polyamour », « couple ouvert ». Moi, là, j'ai plus de définition, c'est trop les sables mouvants. Je sais à peine quoi chercher comme job pour gagner ma thune et être un humain productif qui a le droit de fouler cette terre la tête haute. Quand t'es gosse, les gens passent leur temps à te demander ce que tu veux faire plus tard. Alors que tu connais à peine quatre métiers : maîtresse, docteur, pompier et boulanger. Moi, à un moment, je répondais chercheur d'or, histoire qu'on me fasse pas chier. J'avais vu *La Ruée vers l'or*, et je me voyais bien faire ça, vu que j'étais assez balèze pour jouer avec des cailloux et remuer de la terre. Avec mon petit tamis je criais : « De l'or ! De l'or ! » C'est drôle, j'ai atterri là, en Californie, dans une ville qui s'est bâtie sur la fièvre de l'or. Finalement, je suis un peu mon rêve de gosse. Ha ha, c'est pas beau, ça ? T'entends, Diane, je suis totalement connecté à mon gosse intérieur ! Je viens chercher la fortune et l'amour dans ce désert de sens. Non, pour l'amour, je rigole. Je vois pas bien le concept.

Bzz ! Putain, mail fatal d'Airbnb :

Désolé, suite à une erreur informatique, la chambre était déjà bookée. Vous n'avez aucune réservation pour la date indiquée.

Inari me regarde, tristement cette fois, on dirait qu'elle a pitié. La loi de ce con de Murphy.

Et puis soudain, tous les gens se lèvent. Les visages sont défaits, catastrophés. Une joggeuse s'arrête en pleine course et bloque sur son téléphone. Une fille sur un banc tire une tronche de trois kilomètres, sérieusement sa mâchoire se décroche, et elle montre son écran à une petite vieille à côté d'elle. Le cours de yoga a dû s'interrompre, car les positions ne m'ont pas l'air homologuées. Des gens se rassemblent en grappes, les chiens autour, livrés à eux-mêmes, attendent ou se mettent à japper. Un petit courant d'air glacial me grimpe l'échine. Attentat ? Shooting ? Mass murder ? Nouvelle série Netflix ?

Mon téléphone fleurit de notifications qui viennent de tous les réseaux. Je glisse le doigt sur l'oiseau de mon écran. Le feu surgit. Les flammes ont envahi Twitter. Des flammes, des flammes, les mêmes photos de flammes répétées à l'infini. Les hashtags #firecamp et #paradise se répandent partout sur ma timeline. Un incendie dévore une ville nommée Paradise… Ça flambe, les vidéos des flammes en boucle qui dévorent la forêt. Le ciel empli de fumée gris jaune. Les gens dans leur voiture qui traversent le brasier. Putain, c'est pas loin. Au nord d'ici, à deux cents kilomètres. Sur les cartes satellite, un feu numérique progresse à toute vitesse.

5.

Fire in Paradise

Je lève la tête pour respirer un grand coup à l'air libre. Cette bonne vieille Frisco étale ses courbes au soleil, bijoutée de maisons pimpantes, alanguie vers l'eau de la baie. Je scanne l'horizon, le ciel d'un bleu insolent. Sur l'herbe, les gens sont comme moi, immobiles, glués à leur écran. Seuls les chiens frétillent. Les humains, eux, sont sidérés. Difficile de croire que là-bas, vers l'horizon, ça flambe. Enfer sur terre.

Je me déplie et je me rapproche du cours de dog-yoga. La détente s'est envolée d'un coup, une femme en legging violet pleure, son chihuahua entre les bras. Libby, très pro, tente de faire asseoir les chiens pendant que leurs maîtres hallucinent sur leur téléphone. Et elle gueule de sa voix de cow-girl que le cours est terminé. La femme en legging violet peine à reprendre ses esprits, elle crie à qui veut l'entendre qu'il faut s'éloigner des arbres. C'est le réchauffement climatique, on va flamber. Certains chiens la suivent quand elle se met à courir comme une furie. Le chaos s'installe. Libby se démène. Une goutte de sueur très sexy glisse de son aisselle et perle le long de son bras. Son regard est si perdu que je tente à nouveau :

« Ça te dit d'aller boire un café, pour qu'on se remette de tout ça ?

— Sérieusement ? Sorry, là, c'est pas vraiment possible. Ils sont où, tes chiens ? »

Entraîné par la folie ambiante, je les ai oubliés au parcours canin. Je fonce les récupérer, Giant, Swing et Preston sont là. Bouffey s'est un peu éloigné, mais je lui crie : « Bouffey, au pied ! » en french et, miracle, il se ramène. Inari me fixe, impériale. Quand je me retourne, tout le monde a levé le camp, le palmier est planté au milieu, tout seul. Ma laisse en main, je contemple le parc, bizarrement désert. Une forêt qui flambe, et tout le monde s'évapore. J'ai envie de contacter Diane. De lui dire :

« T'as vu ? C'est dingue ! »

Peut-être qu'au Chili, ils sont pas encore au courant ou qu'ils ont l'habitude des feux de forêt. Est-ce qu'une catastrophe naturelle peut être une dispense pour le silence radio ?

Les nouvelles sont alarmantes, les pompiers ont beau batailler, l'incendie dévore tout sur son passage. Les gens ont à peine le temps de s'enfuir. Mais enfin je pense que, même avec des bourrasques de vent, le feu ne risque pas de se propager jusqu'ici. À l'autre bout du parc, il y a le Pacifique. Et de l'autre côté de l'océan, le nord du Japon envoie l'eau de Fukushima pour nous rafraîchir les pieds et faire bondir les surfeurs californiens. Je m'assois sur un banc. Un petit piaf, genre colibri, volette au-dessus d'Inari. Elle le regarde sans méchanceté. Les autres sont restés bien sagement dans leur périmètre alors qu'il n'y a plus personne pour les emmerder. Je prends Inari en photo, de profil, avec un buisson en fleur derrière elle.

« OK, Inari ! Smile, be sexy ! »

Sur mon appli de photo, je recadre, je booste les couleurs du fond. Choix du filtre un peu vintage. Je fais plusieurs plans, avec un bord façon pellicule. Ça me prend un bon moment mais ça a de la gueule. Je mets les hashtags qui vont bien, plus quelques trucs putassiers pour rameuter des followers. Et là, putain d'Instagram qui mouline et refuse de publier. Ça me rend dingue quand t'es brisé comme ça au milieu de ton flow, l'horreur absolue. J'annule mon post et je recommence. Plus que 7 % de batterie. Je sais pas ce qu'il a à fatiguer si vite, mon smartphone. Sans m'en apercevoir, je me suis relevé et je sautille sur place. Les chiens, ça les rend ouf, ils se mettent sur leurs pattes arrière, croyant que je veux jouer. Si y en a qui se gourent sur tes intentions, c'est bien les clebs. Pour eux, c'est toujours BBB : baballe, bâton, bouffe. Va leur expliquer que t'as un post Insta à terminer. Mais fucking bananas, ça y est. Il est passé.

En exactement douze secondes, j'ai mes premiers cœurs. Ça défile, ça défile. Putain, ça fait du bien. Merci Inari, merci pour ton blues existentiel.

Ting ! Mon smartphone agonisant prend le temps de me rappeler que c'est bientôt l'heure de la piquouze de Preston. Les maîtres ne sont pas là à cette heure-ci et j'ai la clé de chez eux, je pourrais à l'aise les faire tous bouffer là-bas, recharger mon téléphone et m'éviter de raquer pour la pâtée de midi. Heureux de ma bonne idée, je me lève en sonnant le rappel des troupes.

J'attache tout le monde et on s'en va d'un pas chaloupé, comme si on était dans une sorte de comédie musicale et qu'on allait sauver le monde de l'angoisse.

Dans la rue, ça continue. Les écrans dans les vitrines, dans les cafés, dans les mains des passants, partout, en boucle, les images du feu se démultiplient. Images qui nous relient aux drones qui survolent le brasier en marche, la fournaise qui avance. Images qui viennent de téléphones tremblants tenus à bout de bras à l'avant d'une voiture. Les embouteillages, coincés dans un nuage de fumée dense et jaunâtre. Tunnel de flammes, on accélère.

En haut de Haight-Ashbury, à la Preston House, je me précipite sur la première prise que je trouve. On est peu de chose, plus de courant dans le petit rectangle, et c'est la fin du monde. Encore un peu et j'aurais raté ce sublime tweet de Trump :

Fires happen in California cause FOREST MANAGEMENT IS SO POOR. GET SMART[1] !

Un titre d'article m'apprend que le feu est dû à une avarie sur le système électrique. Je regarde mon chargeur de travers, un vague sentiment de culpabilité me traverse. Malgré la catastrophe, j'ai plus de quatre cents likes et un message qui me propose mille followers pour la modique somme de vingt-neuf dollars. C'est agréable. Tu viens à peine de créer un compte qu'on considère déjà que t'es de la lose et que tu dois payer des prisonniers chinois dans une ferme à clics

1. Il y a des incendies en Californie parce que LA GESTION DES FORÊTS EST NULLE. RÉFLÉCHISSEZ !

pour avoir des likes. Instagram, le royaume du vide qui se permet de juger tes performances de fausse célébrité.

Je balance mon téléphone dans le canapé et je me lève dans le monde réel en signe de protestation. L'insuline est au frigo. Preston me regarde avec ses yeux tristes et se carapate à l'autre bout vers la buanderie. J'aime pas l'idée d'injecter de l'insuline de pancréas de porc dans un chien mais, bon, on va y arriver, hein, Preston ? Je l'attire avec un bout de biscuit. Je l'ai piégé plusieurs fois, j'imagine qu'il fait semblant de se laisser avoir. Il le sait, au fond, qu'il en a besoin de sa piquouze. Mes jambes autour de son corps dodu, je le maintiens et je retiens mon souffle, je lui ferme la gueule avec une main et de l'autre PIC ! Vite fait bien fait. Preston couine et va se réfugier dans son panier. Je jette la seringue, je range l'attirail et je sors le sac de nourriture pour chien – légumes et protéines végétales – d'environ deux kilos qui trône à côté du bocal à compost. Ce frigo est assez grand pour contenir deux ou trois personnes alors pourquoi pas une poubelle de déchets organiques ? Idée simple pour éviter aux épluchures de moisir et de puer. GET SMART putain !

J'ai tellement soif. Je me sers une grande rasade d'eau pétillante, et je vais fouiner dans l'armoire à cocktail. Une lampée de gin pour l'agrémenter. Là, sur le canapé en cuir, j'attends de me recharger, avec mon gin pétillant et quelques taffes de vapeur à la pistache. Je prends le déjeuner des chiens en photo, mais le rendu n'est pas top. Toutes ces flammes en boucle, ça me donne chaud... Et shit... je vois que j'ai reçu un mail de mon école. Le pire c'est que pour me connecter à ma messagerie, il faut passer par leur site qui lui aussi pique les yeux.

Sortir du moule, casser les codes, apprendre à être soi-même et surtout comprendre l'entreprise dès maintenant, voilà l'ADN de nos formations à la Digital Business School. Nous insufflons la fibre digitale à nos élèves, dans un programme qui englobe tous les fondamentaux du commerce et du management. Pour construire harmonieusement l'entrepreneuriat de demain.

Tous les fondamentaux du bullshit digital dans une perspective complètement globale et une stratégie à trois cent soixante degrés... tant que tes darons passent à la caisse ou que tu t'endettes sur dix ans. Quand t'es resté ne serait-ce que trois secondes dans la Silicon Valley, ça fait mal au cul de voir un truc aussi ouvertement foutage de gueule. Je vais dans mon espace. Mon password : vomi.en.apesanteur. Et je découvre un mail urgent.

Nous avons appris avec surprise la fin prématurée de votre stage à l'entreprise Puluuluk. Pouvez-vous nous informer de vos projets au plus vite, afin que nous puissions envisager la manière de valider votre année ?

Le tout suivi de deux relances un peu moins sympas. Of course j'aurais dû leur dire tout de suite, c'était pas si compliqué de trouver, un autre stage... D'ailleurs, c'est ce que je m'apprêtais à faire aujourd'hui, la ville en a décidé autrement. Je devrais être catastrophé, mais mon cerveau n'a pas la même lecture visiblement parce que je me mets à rigoler. Et je dicte une réponse à mon téléphone :

Mme Bernard,

Je discute actuellement avec M. Preston, M. Bouffey, M. Giant, M. Swing et Miss Inari de l'opportunité de fonder une start-up basée sur l'étude de la connerie humaine et destinée à faire de l'ordre canin le nouvel ordre mondial. À la lecture de ce mail, le virus de la rage va vous être inoculé et vous mourrez dans d'atroces souffrances.

Ça m'apaise de voir le brouillon se rédiger docilement en suivant ma voix. Bon, j'arrête mes conneries et je sors de leur plate-forme pourrie. Une catastrophe à la fois, please.

Sur Twitter, ça rage :

Les villes comme Paradise sont mal conçues, construites au rabais pour loger les pauvres qui fuient les centres-villes. Comme par hasard, ce sont eux qui crament.

Et ting ! Revoilà l'ami Tinder. Une fille m'a écrit :

T'as vu pour le feu ? C'est dingue !

Pourquoi pas, c'est sûr que c'est une bonne entrée en matière. Elle est pas dégueu et visiblement elle kiffe de draguer pendant les catastrophes naturelles. Je lui réponds que ouais c'est complètement dingue.

Je ferme les yeux pour faire défiler derrière mes paupières un PowerPoint mental de mes conquêtes amoureuses à Frisco. La toute première, elle faisait des études de pâtisserie, je lui avais fait croire que j'étais fan d'un chef installé aux States. Je googlisais tout à la volée pendant que je lui parlais. La combinaison French + fan de haute cuisine, ça l'avait blastée, la meuf. J'avais même sorti que j'étais à la recherche d'un goût précis de mon enfance, un gâteau particulier. Ça marchait pas mal comme storytelling.

Il en faut de l'énergie, c'est limite un part-time job de gérer toutes les parties en parallèle.

Sur les conseils de mes ex-connards-de-collègues de Puluuluk, j'avais créé un deuxième profil « bad boy », avec photo sur une moto, prise sur le parking… L'avantage du profil « bad boy », c'est que tu attires des filles qui couchent. Comme tu peux pas te contenter d'une seule partie avec les probabilités monstrueuses que ça échoue, les ingés junior avaient créé une petite appli pour gérer les dates et les chats, histoire de pas perdre le fil dans ce que tu racontes à tes Tinderellas. Mes scores ont grimpé assez vite. Karim, par exemple, je l'explosais grave.

Règles basiques : la partie commence quand t'as une conversation suivie régulière. Faut pas se presser, sinon t'as l'air en chien.

Level 1, le chatting. Y en a avec qui c'est monté ultra-vite, les conversations en ligne, double sens à toutes les phrases, méga chaud du slip. Limite, j'étais choqué. Dans ces cas-là, t'as toujours peur de tomber sur une folle. Vaut mieux la jouer cool, dire des trucs un peu profonds, poster des photos rigolotes, un poil intello. La réputation du Frenchie joue plutôt en ma faveur, quand tu prononces le mot « Paris » la plupart des filles ont des étoiles dans les yeux. Mais bon, comme dit le proverbe, les conversations les plus chaudes ont souvent les fins les plus glaciales. Une des nanas, j'ai vu sur Insta ses photos d'anniversaire, elle n'avait que seize ans. Qu'est-ce que tu veux faire, je vais pas aller en taule pour tes beaux yeux ! Ou alors c'était un faux profil pour coincer des perv. Next.

Selon les stats de mes ex-débiles-collègues, il faut minimum une vingtaine de conversations à la fois.

Level 2, la rencontre. First date, tu vas boire un verre en mode tranquille, si possible dans un endroit original, et tu prends garde à n'enfreindre aucune règle de la drague américaine. Aucun rapprochement tactile, aucun sous-entendu. T'apprends à connaître l'autre et tout ceci doit aboutir à « J'ai passé une super soirée et toi ? » Et là, tu décroches ou pas.

Level 3, si la fille veut te revoir, faut transformer l'essai et dénicher le lieu de rendez-vous qui va marquer sa mémoire. Donc, éplucher le profil de la fille en long en large et en travers de manière à éliminer d'emblée tous les endroits où elle est allée les six derniers mois. Voir s'il y a des lieux qu'elle a trouvés particulièrement « amazing » et chercher un truc dans le genre mais un peu différent. Roller party, patinoire, ciné-piscine, mall japonais, bowling de los muertos, tout est possible. Parfois quand on le sent, laisser la balle dans son camp. Alicia, par exemple, qui faisait des études d'art, était trop contente de me montrer des squats d'artistes de Potrero. Faut les impliquer aussi. La fille a besoin que son avis compte.

Mais ça comporte des risques. Des fois, tu vois pas venir le truc hyper chelou. Genre Mellina, une folle de Jésus. Elle voulait qu'on aille passer un week-end dans un parc d'attractions en Floride sur le thème de la Passion du Christ. Tu mets une toge et t'intègres la foule qui le suit dans son calvaire. Un acteur est crucifié à chaque représentation. Bon, OK, j'avais fait semblant d'être croyant en discutant avec elle, mais j'ai été élevé par des parents tellement athées que mon sens religieux n'a pas fait illusion. Du coup, ça l'a excitée, elle prenait ça pour une mission sacrée de m'évangéliser. Comment une fille de ce genre peut survivre à San Francisco et à sa liberté ? Après tout, la religion est un hobby comme un autre. J'aurais peut-être dû y aller.

Level 4, quand tu conclus. Ça m'est arrivé vingt-deux fois, avec des fortunes et des surprises diverses. La best, c'était July, le film parfait, j'étais totalement accro et, contre toute attente, ça a duré longtemps. Justement, pour une fois, j'avais changé un paramètre, mon âge, je m'étais vieilli de douze ans, juste pour voir. Sinon, les applis te proposent systématiquement des filles qui ont trois ou quatre ans de moins que toi, car elles se basent sur les chiffres bien stéréotypés de la société. Mais bref, July, dix ans de plus que moi, n'était pas dupe du jeu, elle mentait elle aussi sur son âge. Elle m'a dit cash qu'elle avait un planning de dingo et qu'elle voulait juste qu'on couche ensemble assez rapidement. On a donc fait ça, et puis on a eu envie de recommencer. On a exploré l'ensemble de nos talents sexuels avant même de se demander ce qu'on faisait dans la vie. Faut dire qu'en la matière, elle m'a blasté direct. La nana était capable de me baiser sans bouger. J'avais jamais connu ça, on était face à face, totalement emboîtés, la fille te roule une pelle et, dans son vagin, mon gars, c'est la fête foraine. Ça serre, ça desserre, ça remonte, t'as pas à bourriner de la hanche comme un malade. C'était le truc le plus sexy de ma vie. Forcément, tu vois pas ça sur Youporn parce que c'est pas très télégénique, on dirait juste qu'il se passe rien. Tout est à l'intérieur. J'étais curieux de savoir comment elle faisait, et elle a répondu :

« Quinze ans de pilates. »

Cette nana pas chiante, directe et drôle, j'ai cru que j'avais tiré le jackpot juste en essayant de blouser l'algorithme. Mais j'ai fait l'erreur fatale d'être un peu jaloux. Tu sais jamais : si t'es pas jaloux, elles trouvent que t'en as rien à foutre d'elles ; si tu l'es, tu les saoules. Bref, elle a dû trouver mieux que moi en rayon. C'est seulement après que je me suis aperçu que je ne connaissais rien d'elle à part son appart vers Noe Valley et son périnée ultra-musclé.

J'ai jamais autant cartonné avec les meufs que depuis que j'ai rationalisé la drague online, et pourtant, c'est chaud de cracker le code des Américaines. Et puis malheureusement, chaque fois, on se lasse de baiser sans s'attacher. Parce que, quand tu veux parler d'un feu de forêt par exemple ou que t'as besoin d'être rassuré, ça suffit plus.

Chasser la présence de Diane qui traîne encore sur moi. Je répète « silence radio » comme un malade mental. Elle, je l'ai pas rencontrée en ligne, mais à Puluuluk. Elle animait un stage de trois jours « Donner du sens à son réseau ». Si j'avais vu ça en la stalkant sur Internet, j'aurais fui direct. À peine vingt-quatre ans, la meuf, et déjà elle se prétend coach de chefs d'entreprise et d'entrepreneurs en herbe. Son credo ? Connecter les entrepreneurs à leurs vraies envies pour développer au mieux leur business, en accord avec leur personnalité profonde. Parce que même si tu crois bêtement que ton envie profonde, c'est de faire de la caillasse et de t'acheter une bagnole et un appart de gros bâtard, Diane, elle va t'expliquer qu'au fond de toi, il y a une raison pour que tu te lances dans *ce* business précisément, et pas un autre.

Le ratio de coaches par habitant est tellement élevé ici – ils doivent les cloner pour qu'il y en ait autant –, faut se démarquer. Diane se démarque au premier coup d'œil, c'est une sacrée belle meuf. Yeux noisette, boucles brunes, sourire, fossettes. Quand on l'a vue arriver en salle de réu, on est restés bouche ouverte à la regarder parler. J'avais l'impression de voir ses amies les émotions sortir de son corps, courir autour de sa tête, actionner la mouille des yeux quand elle évoquait un souvenir triste. En plus, elle rougissait facilement, c'était trop mignon. Elle avait eu des parents hippies qui s'occupaient pas vraiment d'elle et elle racontait ça, d'entrée de jeu, en séance de coaching pour briser la glace. C'était gênant mais je ne pouvais déjà plus détacher mes yeux d'elle.

Après, elle a voulu qu'on se lance une « pelote de laine de la parole » et tisser ainsi le réseau de la communication entre nous. Les autres ricanaient, et ça m'a déprimé. Pendant tout ce temps, ça se voyait tellement qu'elle surjouait le naturel de la nana trop libre dans sa tête. Genre je me lève le matin et youpi je vais faire danser pieds nus des wannabe milliardaires. Et puis très tranquillement, elle a dit :

« La peur me tenaille souvent. Là, par exemple, j'ai peur, peur que vous ne me croyiez pas assez compétente, que vous vous foutiez de moi. Mais j'ai un truc pour la calmer. Je danse. »

Et elle s'est littéralement mise à danser, style

danse contemporaine, avec les bras qui virevoltent selon une musique dans sa tête. Évidemment, avec ce qu'elle venait de dire, on allait pas se foutre de sa gueule. La meuf dansait pieds nus sur la moquette grise de la salle de réunion. Du coup, on a enlevé nos baskets et on s'est retrouvés en chaussettes à danser, absolument sans grâce. Elle nous a dit de laisser aller nos pensées, de les dérouler comme dans un film. Ça me tue ça, la meuf est en salle de réunion avec cinq ou six mecs, et elle nous demande sérieusement de nous faire un film ? Elle a pas dû percuter qu'elle lançait Youporn en roue libre dans le cerveau de tout le monde ? Enfin, je dis ça surtout pour les autres. Moi, j'avais zappé, je m'étais autocensuré. Diane, faut pas dire des trucs comme ça. Les autres mecs, je te jure, aucun respect.

Au fait, c'est quoi, le délire avec la danse primale ? C'est avéré, ça, que les hommes préhistoriques se bougeaient le cul sur des percus en cuir de mammouth ? C'est inscrit dans l'ADN de l'espèce humaine qu'il faut se connecter à une danse primale ? Et il y a des IRM, vraiment, qui ont démontré que la danse faisait valser les pensées dans une ronde de positivité ? En fait, je parie que oui, qu'il y a bien des études de Stanford qui démontrent précisément ça. Ils font tellement d'expériences absurdes pour donner des allures scientifiques à leurs préceptes de gourous… Moi, j'aime bien danser mais faut un contexte. Danser sans musique avec des abrutis qui vont aller se branler dans les chiottes deux minutes après, ça me fout la gerbe. Ils la regardaient, livides, et ça m'a fait de la peine, j'avais envie de leur fermer les yeux, de la protéger de leurs regards lubriques. Alors j'ai fait un petit moonwalk pour détourner l'attention, et elle a souri. Et ce sourire de Diane, c'était mieux que tous les likes du monde.

Elle citait tout le temps cette phrase de l'Évangile selon saint Steve Jobs : si tu penses que tu n'as pas le temps de méditer un quart d'heure aujourd'hui, alors médite une demi-heure, ou un truc dans ce goût-là. Je lui avais dit déso, mais je suis intolérant à Steve Jobs. Ça m'avait fait rire, et puis finalement elle aussi. Mais quand même, j'aimerais bien savoir où ça a buggé. On n'était pas faits l'un pour l'autre, d'accord, mais ça m'emmerde qu'elle s'en soit aperçue alors que j'y mettais tant de bonne volonté. Mes poèmes et mes photos décalés, elle adorait. Elle voulait me persuader que j'étais un poète refoulé auquel il manquait juste un peu d'audace.

« Regarde Kerouac et Ginsberg, tu crois qu'ils ont attendu des autorisations pour écrire ? Non ! Ils ont édité et distribué leurs textes eux-mêmes ! Avec des machines à écrire ! Ils ont réussi à faire de l'auto-édition et du buzz, avant Internet ! »

À l'entendre, dans la Valley, même les poètes sont des auto-entrepreneurs depuis des siècles, il n'y a qu'à bosser, et tout est possible. J'aimais l'écouter partir en live mais j'avais un peu peur qu'elle me manipule le cerveau avec son enthousiasme à toute épreuve, bigger than life tout le temps, ça m'a épuisé.

Bzz ! Ding ! Mon téléphone se met à vibrer comme un fou, genre sextoy en panique, et ça fait sursauter les chiens. Et là, ce que je vois sur l'écran, je ne peux pas y croire. C'est pas possible, c'est une blague ? Un deuxième feu ? Au sud, vers Los Angeles cette fois. Je vérifie sur Twitter, nouvelle catastrophe, et nouveau hashtag : #woolseyfire. Encore un incident sur une ligne à haute tension, gérée cette fois par Pacific Gas & Electric. San Francisco est pris en tenaille par les flammes. Des images en pagaille d'embouteillages monstrueux. Une photo postée par un producteur d'*Entourage* montre un gigantesque serpent rutilant de voitures, sur la route longeant la mer. Ting ! Tout le monde s'affole, des stars, des politiques. Alerte à Malibu, faut évacuer !

La maison de Miley Cyrus est menacée.

Chiffres : toutes les trois minutes, l'équivalent d'un terrain de base-ball part en fumée. Malgré les canadairs, la forêt continue de flamber. Amazon a lancé une option kit d'urgence pour tous les sinistrés avec adresse de livraison différée. Dès qu'ils seront en lieu sûr, ils pourront réceptionner leur colis. Mes yeux saturent, sérieux, ça irrite la cornée. Avant de réfléchir, je me ressers juste une grosse larmichette de cet excellent gin. Les toutous diront rien.

Combien de fois dans une vie on scotche les chaînes d'infos pour suivre une catastrophe planétaire ? Moi, j'ai appris à lire avec les bandeaux des JT du 11 Septembre. À sept ans, j'avais déchiffré « attentat », ma mère était hyper fière. Tu sais, Diane, si je pouvais, j'en ferais de la méditation. Mais si je ferme les yeux, je vois des flammes qui lèchent les voitures fuyant Paradise. Et des personnes en flammes dansent sous mes paupières.

Bzz ! Vibration, c'est peut-être elle qui s'inquiète à cause du feu, elle prend conscience qu'elle a été un peu trash. On en reparle ? On réfléchit ? Je checke l'écran et déception, c'est encore l'arbre malicieux qui m'assène le conseil n° 2 :

Prenez une décision pour votre avenir proche, lancez-vous dans un nouveau projet, essayez un nouveau hobby. Entamez votre métamorphose.

Mouais… un livre entre dans mon champ de vision, là, sous la plaque en verre de la table basse. Un livre tiré d'un compte Instagram. Des photos d'un chien blanc, genre bull-terrier, comme Giant, pris en photo sur fond blanc, avec des éléments ajoutés. Ici, une canne, un chapeau et une moustache à la Chaplin. Là, une bulle façon BD avec une bûche qui se fait scier. Le tout est très sobre et élégant, mais le concept est tout naze.

« T'as vu, Inari ? Ce clebs idiot est devenu une star. Et nous, alors ? »

Je vérifie mon Insta, malgré les flammes de l'enfer qui progressent, y a du like en rafale. J'ai une centaine de nouveaux followers. C'est dingue. Même quand ça va mal, et encore plus quand ça va mal, les gens ont envie de voir des photos de clebs.

Parmi les « So Cute », « I'm In Love » et les émojis « cœurs dans les yeux », quelqu'un a commenté :

Quel port de tête ! On dirait Kim Novak dans *Vertigo* d'Hitchcock.

« OK Google. Cherche le résumé de Vertigo sur Wikipédia. »

Scottie, policier, a été limogé parce qu'il est sujet au vertige. Un de ses vieux amis le charge de surveiller sa très belle femme, Madeleine, dont le comportement étrange lui fait craindre qu'elle ne se suicide. Scottie la prend en filature, la sauve d'une noyade volontaire puis s'éprend d'elle. Etc., etc.

Finalement, c'était un piège, Madeleine a fait semblant d'être folle et se suicide en se jetant d'un clocher.

En réalité, c'est une mise en scène, et Madeleine était interprétée par une actrice, Judy, pour piéger Scottie. Quelque temps plus tard, Scottie rencontre Judy par hasard dans la rue. Elle est toujours éprise de lui et accepte pour lui plaire, de se transformer physiquement en Madeleine, le personnage qu'elle a joué.

Je ne me souviens plus du tout de cette intrigue tordue, mais je l'ai vu. Il y avait ces plans carte postale de San Francisco. Je crois que c'est là que j'ai commencé à fantasmer cette ville, plutôt que la femme blonde. En faisant une recherche Images, je suis saisi : avec son air hautain et coincé, c'est vrai qu'Inari est une version canine de Madeleine dans *Vertigo*. Je regarde sur YouTube le plan du « coup de foudre » dans un resto, le premier date quoi, dans un resto chic. Le Scottie la mate et ça s'éternise, genre tout tourne autour de lui.

Et si on profitait de cette journée pourrie pour rejouer des plans de *Vertigo* en mode canin ? Je crée un nouveau compte en quelques secondes, que j'appelle @Vertidog. Je poste une photo d'Inari de profil, avec un fond bidouillé pour faire comme dans le film. Les autres chiens veulent de l'attention, je leur lance des biscuits. Je vois bien que mon gros Preston aime aussi qu'on le prenne en photo. Sérieux, ce chien est trop marrant, il fait de ces grimaces sans arrêt, le Jim Carrey des chiens ?

On y va Inari ? On se lance ? Je poste la photo, en split screen Inari/Kim Novak. Je crée le hashtag #vertidog et j'en colle une ribambelles d'autres, je ratisse large pour accrocher toute la palette qui va des cinéphiles aux cynophiles. La teinte de cheveux de Kim Novak est exactement la même que celle du poil d'Inari, c'est tout à fait perturbant. J'écarte de mes pensées les cheveux de Diane. Inari continue de m'offrir son profil hautain. Et dans la foulée, je prends d'autres photos. Inari, mets-toi là, ma petite. On va leur montrer ce que c'est qu'une vraie star. Preston a du mal à comprendre pourquoi je fous sa collègue sur la table basse. Il frétille bizarrement. Sûrement que lui, il se fait engueuler s'il monte là, pauvre vieux. J'enferme Preston et ses copains dans la buanderie.

« Juste quelques minutes les gars, OK ? Parce que, déso, mais vous avez vraiment pas le physique de l'emploi. Bons chiens. »

J'essaie de faire lever le menton à Inari, comme si elle regardait la télé et l'écran qui diffuse les flammes. La gueule baissée, elle a l'air sérieusement attristée. Je la shoote. Et là, soudain, elle lève sa petite patte comme pour se cacher les yeux. Rafale de photos, l'éclairage est top, tout est top. J'avance et… Et merde, le fil du téléphone me tire en arrière. J'ai ce qu'il faut. Je recadre, sature les couleurs dans une gamme rétro, booste les contrastes, je poste. La chienne affligée et, en arrière-plan, la télé, les flammes géantes et le bandeau défilant qui clame « fire » !

En quelques secondes, les likes et les commentaires pleuvent.

Amazing Pic ! C'est dément, on voit qu'elle comprend ce qui se passe. Love !

On fait du bien aux gens avec une photo de chien qui semble partager nos peines. J'espère que Diane tombera sur ma photo. Pas maintenant, bien sûr, là, elle est totalement inconsciente en maillot de bain à faire la planche en toute féminité avec ses potes dauphins, tandis que des arbres flambent et des maisons fondent… et peut-être des gens.

Entamez votre métamorphose.

Ben ouais, mon petit pote, et tu vas voir, je vais cartonner toutes les étapes, à la fin de la journée, je l'aurai oubliée, Diane. Je vais te le plier en deux, le deuil amoureux.

Giant, Swing et Bouffey frétillent quand je les libère. Preston me regarde avec son air abruti. Il finit par comprendre que j'emmène les autres et pas lui, et il retourne tristement dans son panier. Inari, je ne sais pas, on dirait qu'elle me juge. Smartphone chargé à bloc. Ma petite Inari, c'est pas parce qu'il y a le feu quelque part qu'on va se priver de belles images.

6.
Vertidog

Les rues sont exagérément calmes, on sent à peine une lourdeur dans l'atmosphère. Inari regarde partout, hyper craintive. Je la soulève par la poignée et la prends dans mes bras pour aller plus vite. J'ai toujours trouvé ça chelou les gens qui tiennent leurs chiens comme des bébés mais là, je me rends bien compte qu'avec ses petites pattes, elle est crevée.

On arrive à l'église de la Mission Dolores. Retour aux sources, le noyau dur de San Francisco, là où tout a commencé. La mission espagnole évangélisatrice où le personnage de Madeleine dans *Vertigo* vient rendre visite à une tombe, celle de son aïeule à laquelle elle s'identifie, ou par qui elle est possédée, je ne sais pas bien. Sur la façade, il y a la date de construction : 1776. C'est bien ce que cette ville a de plus ancien. L'église a survécu au tremblement de terre de 1906 et aux incendies géants, pas si bête finalement de venir ici un jour de catastrophe. J'imagine un instant les différentes époques comme des layers superposées, des filtres de temps qui recouvrent l'église. L'environnement qui change en accéléré, les fringues des gens, la bouffe qu'ils mangent, l'apparition des chiens hypoallergéniques.

À travers le grillage, on aperçoit les vieilles tombes. J'attache les copains et garde Inari près de moi. Je trouve un endroit où le grillage est un peu tordu, j'appuie dessus pour agrandir l'espace et glisse Inari de l'autre côté. La pauvre, elle pige rien… en me mettant au ras du sol pour cadrer, et avec le mode cinéma de mon appli qui crée une pseudo profondeur de champ, ça fera la blague. Je me baisse et me faufile, en faisant des accrocs à mon T-shirt. Les autres chiens m'observent d'un air éberlué. Ils sont tordants. Il me faut, en arrière-plan, la verdure et les vieilles pierres tombales. L'atmosphère est cotonneuse et mystique, un courant d'air froid me lave la tête. Inari renifle les tombes, on dirait qu'elle bouge au ralenti avec son petit col beige, pensive, des fleurs en avant-plan. Je shoote en rafale. On y est.

« How that's cute ! »

Woow ! je cligne des yeux, limite je me pince, devant l'apparition. Une fille a surgi, exactement sapée comme le personnage de Madeleine dans le film : un costume gris cintré très old school, un chignon en spirale et des shoes de mormone. Le temps de redescendre, je pige que c'est une instagrammeuse déguisée, qui vient comme moi prendre des photos en cosplay *Vertigo*. Je lui réponds joyeusement.

« Ouais, moi, c'est Vertidog… c'est ma chienne qui fait Madeleine.

— Hoooo… Super idée ! Moi, je ne suis pas si originale.

— Si ! Votre costume est amazing !

— Vous n'êtes pas américain ?

— Non, français, et vous ?

— Anglaise. »

Et elle ajoute à l'adresse de son mec qu'il faut faire vite. Car bizarrement, dans l'église, ils sont pas trop pour qu'on fasse des selfies avec les vieilles tombes. L'Instagram boyfriend se positionne au milieu des tombes en mode furtif, comme un reporter de guerre. Mais soudain, l'hallu continue : une autre Madeleine attend ! Le même costume, en plus cheap, le même petit copain pseudo-photographe et le même chignon enroulé, en châtain, cette fois. Comme une petite crotte de chien joliment disposée sur sa tête. Les deux Madeleine se toisent un instant, façon duel, puis décident de s'allier et font des selfies ensemble. On échange nos comptes Insta, et puis on s'esquive vite car un gardien vient reluquer le cimetière. Le duo d'influenceuses se met devant le grillage pour lui boucher la vue afin que je me carapate en toute sécurité. Je m'éloigne et les prends en photo, deux Madeleine jumelles en train de me faire signe, derrière un grillage, sur fond de tombes et du mur étrange de l'église en adobe, badigeonnée d'un blanc crémeux. La photo est franchement trippante. Je la publie en story et je les tague. Le temps de lancer la relation Insta et après, je me désabonne. Je m'en fous de leur délire narcissique.

Je récupère les chiens et on se balade un peu dans les rues branchées. On s'arrête devant un marchand de chocolat de luxe pour que les chiens s'hydratent grâce à l'écuelle mise à disposition. Ça sent fort le cacao torréfié. Une vendeuse prend l'air dehors, la mine défaite.

« Quelle journée terrible, hein ? »

À l'intérieur, les gens ont les yeux tous rivés sur les écrans en flammes. Mouvement de lumière chaude sur leurs visages anxieux. J'ai la sensation que le chocolat va fondre. Une lave de chocolat brûlant va les engloutir tous. J'immortalise la scène.

À chaque arbre, un des chiens veut sa pause pipi. Je ne sais pas comment ils se sont arrangés mais ils se répartissent les troncs. Les grilles d'arbres métalliques, ornées de squelettes dansants, se prennent une golden shower canine. On est dans le quartier mexicain, ça, tu peux pas le louper. Dans les vitrines, des rouleaux de PQ avec la gueule de Trump, des casquettes *Not My President* et même des piñatas à son effigie dans les bazars. J'avoue, ça doit drôlement défouler de tabasser une piñata Trump. C'est festif. Y a encore des confettis plein les caniveaux, le Dia de los muertos, c'était la semaine dernière. Sur Insta, c'était la fête, des squelettes et des fleurs partout. Ce délire des Mexicanos qui consiste à célébrer la vie en rendant gloire à la mort, ça donne ce goût un peu plus spicy à l'existence. Je sais pas s'ils sont vraiment conscients que la plupart des Californiens se croient immortels.

Les nuages de brouillard passent, le soleil revient toujours. Les nuages jaune sale de l'incendie vont finir par passer aussi. Sur Twitter, Trump menace de faire des coupes dans les fonds fédéraux. Et encore un tweet d'anthologie :

JE VEUX UN SUPER CLIMAT ET NOUS L'AURONS.

Au fait, je ne sais toujours pas où dormir ce soir. J'agite mes doigts sur mon appli Airbnb, je sens des petits fourmillements en passant sur la fêlure. Je suis complètement au milieu du trottoir avec mes chiens autour de moi qui tirent dans toutes les directions mais, là, je peux pas bouger avant d'avoir trouvé un toit. Je trie par prix. Même en allant dans un quartier vachement excentré : rien en dessous de cent dollars. Tant pis, je suis trop crevé. Je paie direct. Mais mon appli de paiement rame, elle a besoin d'une mise à jour. Le complot des applis… Le temps que je fasse tout ça, j'ai un message de refus. La loc est déjà prise. Mon smartphone me bipe dans l'oreille, et je m'aperçois que j'ai déjà bouffé la moitié de la batterie. Il va pas me lâcher maintenant lui aussi, au bord d'un brasier gigantesque…

Ça sent la beuh. On est à côté d'un smokey store, et c'est irrésistible. Mais entre mon idée de m'acheter un joint et sa réalisation, mon téléphone se met à chanter une musique de film d'horreur. C'est la maîtresse de Bouffey qui veut que je ramène son chien illico, en raison des incendies. Je tique un peu, mais je suis pas si loin, et j'ai pas envie d'argumenter avec Miss Bouffey délirante.

« Désolé, vieux, faut retourner chez mémé. »

Il me regarde tristement comme s'il avait compris. Peut-être qu'il progresse en français finalement ? Comment font les chiens pour s'attacher à n'importe qui ? Tu pourrais être un pédophile ou la réincarnation de Hitler, tu serais quand même un demi-dieu pour ton clebs.

La vieille aux Bouffey (et tête de mari) congelés m'ouvre en mode panique et gratifie son chien d'abondantes caresses ; moi et les copains chiens, on reste à la porte. Je lui demande avec contrition si elle peut recharger mon téléphone un instant. Elle acquiesce d'un air lourd de sous-entendus, genre je suis la mère Teresa de l'électricité. Peut-être qu'elle m'hébergerait ? J'y pense une milliseconde mais Inari me rappelle à l'ordre. Elle aboie sur la télé dont l'écran flamboie, on dirait le programme feu de cheminée de Netflix, bûcher des vanités.

« C'est horrible, ces incendies. Depuis le temps qu'on alerte sur le changement climatique. Mais non, ils préfèrent nous sacrifier, nous laisser flamber. »

Elle est dans tous ses états. Je comprends qu'elle flippe, si la même chose se produit en Arizona, la tête de son mari décongèle direct, rupture de la chaîne du froid.

« Les vents sont violents, les fumées arrivent. Dans deux jours au plus, on sera asphyxiés. Rien que de respirer l'air pendant une minute, ce sera comme fumer huit cigarettes. Nous, on s'en va ce soir, hein, mon Bouffey ? »

Elle aperçoit mon expression incrédule et croit bon d'ajouter :

« J'ai résilié vos prestations sur le site. Vous n'avez pas eu de notification ?

— Euh… si, mais ça m'arrange pas trop. Normalement, une annulation, c'est quarante-huit heures à l'avance. »

Elle prend un air outré. Je me cale sur sa grimace. Elle fulmine.

« Avec ce qu'il se passe, franchement, vous êtes gonflé ! Je peux vous régler la prestation de demain. »

Trop aimable. Un peu que tu vas me la régler, meuf.

« Merci beaucoup, c'est vraiment gentil. »

Elle dégaine son téléphone et le lève face à son visage. Avec la télé géante en flammes derrière, on dirait qu'elle a la tête en feu. J'ai la main sur mon appareil, prêt à la shooter moi aussi, mais je me retiens.

« Vous pouvez me payer en cash plutôt ? J'ai mon téléphone qui faiblit. »

En soupirant, elle fait apparaître une liasse de billets, même pas eu le temps de voir d'où elle les sortait, de son soutif ? Les coussins du sofa en satin bleu ont l'air moelleux : garnis de billets ? Elle m'agite vingt-cinq dollars sous le nez comme si j'étais un stripteaser. Wow, putain, déguerpir d'ici, et vite.

J'ai pas fait trois pas dehors que ting ! je reçois une notification de mon appli DoggieSF... La vieille m'a mis une mauvaise note (une étoile) et un commentaire féroce.

Sans gêne et sans empathie, on espère qu'il est plus compréhensif avec les chiens qu'avec leur maître.

BIM. Et ma relation avec Bouffey trouve ici son point final.

Tiens, une notification de Google Maps qui me demande d'évaluer le smokey store, alors que j'y suis même pas entré. Je mets une étoile juste pour les emmerder. Quand on est arrivés à SF avec Karim, on était fous. Le décret est passé pile avant qu'on débarque : l'usage du cannabis récréatif est LÉ-GAL... Ça faisait vraiment du bien d'avoir largué notre vieille France arriérée ! Seulement voilà, à vingt dollars le gramme, ça refroidit l'enthousiasme. Sur un panneau publicitaire, plusieurs pubs proposent la commande et la livraison de cannabis sous une forme ou une autre en moins de cinquante minutes. Ubershit... Une autre affiche vante les mérites d'un cannabis dispensary LGBT only.

« OK Google, envoie un SMS à Diego. Tape Dolores Park point d'interrogation. »

Diego, un ancien dealer normal devenu dealer honnête, livre à vélo, fait d'infimes prélèvements sur chacune de ses livraisons et revend à prix cassés, à l'ancienne. Il me répond :

OK Dolores Park dans quarante minutes.

Parfait, j'ai le temps de ramener les autres chiens. En descente cette fois, on retourne à la case départ, chez Giant et Swing, et je tire sur les laisses pour pas me casser la gueule. C'est pas la folle ambiance, leur maître est là, en train de se siroter un énorme verre de vin avec son mec, tous les deux désespérés.

« C'est horrible, ces incendies. On en a quasiment tous les ans, maintenant... Le raisin prend un goût de fumée, je te jure, on sait pas comment l'enlever. Et le vin devient invendable. Des récoltes entières... Putain... »

Il a les larmes aux yeux, il se mord les lèvres pour pas chialer.

« Ben là, en plus, si ça s'étend...

— Non mais parle pas de malheur, ils vont l'arrêter, le… l'éteindre… C'est pas possible… C'est pas possible. »

On va tous crever et il s'en fait pour le goût du vin. Ma valise trône toujours dans l'entrée. Je demande à son mec si je peux la laisser pour l'après-midi. Il hausse les épaules. Giant jappe comme s'il voulait retourner dehors.

Je m'éclipse. Dehors, la ville prend une drôle de teinte grise. Et puis merde, je relance Karim.

Mec, call me.

Une idée de génie, bises.

Dolores Park, colline verte, fond bleu, skyline étincelante, un vrai fond d'écran. Plus loin, en contrebas, un dôme cuivré rutile au soleil, un bâtiment carré en briques rouges, sorte de tour de château fort. Les briques, c'est rare ici, à cause des normes antisismiques. C'est un petit parc pour les standards américains, mais d'habitude, c'est toujours blindé avec des chiens qui jouent et un parfum de beuh dans l'air. Au point que des panneaux autour des aires de jeux pour les kids précisent : *Zone de non-drogue*. Mais today, c'est désert. Pourtant, l'air n'est pas encore irrespirable, et le but, c'est de fumer, alors… Un jeune hipster est quand même venu faire voler ses perroquets, tenus en laisse eux aussi. Ils sont gigantesques et font un bruit d'enfer.

Diego a pris racine à Dolores Park près d'un tronc compliqué. Quand il me voit, il ouvre les bras et m'adresse un sourire limite démoniaque.

« T'as vu ! T'as vu ça, le paradis en fumée ?… Je suis scotché sur les vidéos depuis ce matin.

— Ouais, moi aussi… C'est dingue !

— Mauvaises maisons, préfabriqués. Ma mère m'a dit qu'elle en a vu des quartiers pourris flamber en dix minutes, comme ça, au Venezuela. Qu'est-ce que tu veux, c'est la vie ! Les murs fondent. Et la couleur de la fumée... jaune dégueulasse ! Et Malibu, t'as vu ?

— Ouais ouais, j'ai vu. Dis, je veux t'acheter quelque chose mais je suis un peu à court de cash.

— Ha. Ben chuis un peu à court de shit alors...

— Non mais c'est passager.

— Moi aussi, c'est passager.

— Ho, t'es con. Je sais même pas où dormir, frère ! »

Il tire une taffe en exagérant l'arrondi de sa bouche.

« Pauvre petit, tu veux que je t'amène au centre pour clodos ?

— Nan nan. C'est bon. »

Je lui lâche les billets de Miss Bouffey et mon plus beau regard suppliant, mais au moins, il me file une vraie petite boulette digne de ce nom.

« Et ta copine ?

— Elle m'a viré.

— Ha, condoléances. C'est dur. Mais, au moins quand t'as pas de maison, elle peut pas brûler ! »

Il se marre, et j'aimerais mieux pas, car il lui manque quelques dents. Il caresse Inari.

« Il est cute, ce chien, tu pourrais le revendre.

— Ben, il est pas à moi.

— Nan mais le temps qu'ils te retrouvent. Tu peux aller au Mexique en bus, je suis sûr. Dans ce sens-là, tu te feras pas emmerder. »

Je laisse Inari se balader, et m'allonge dans l'herbe pour mieux observer les volutes de fumée qui s'envolent. Je suis bientôt absorbé par la contemplation du réseau végétal formé par les branches, les sous-branches et les brindilles. Je m'imagine en mec errant, comme dans un livre de Kerouac, clochard céleste et tout. Je l'ai écouté un peu en audiobook dans l'avion : des mecs qui voyagent en bus et dorment sur des plages, kiffent le bouddhisme et les drogues. Et qui se tapent des nanas pas farouches. Ça m'a un peu saoulé à écouter mais à vivre, je dis pas, j'essaierais bien. Enfin, tout ça, ce sont des utopies du siècle dernier. Si j'enlève un chien américain, ils sont capables d'envoyer un drone pour m'exécuter.

J'ai la tête contre le grand tronc et les branches se déversent au-dessus de moi. Le soleil joue avec la transparence des feuilles, les nuances de vert-jaune et les ombres sur le ciel bleu, mais tout ce que je vois, ce sont des connexions rhizomiques, des possibilités de rencontrer ou non quelqu'un. Et aussi du petit bois pour une belle flambée. Pourquoi tu te balades sur une branche plutôt qu'une autre ? Au sein de cette seule ville, il y a un réseau gigantesque de chemins virtuels entre les gens. Y en a qui parlent de chimie, d'alchimie. Mon cul. Dans le futur, on mettra des capteurs pour scanner tout de suite la personne. Un Shazam des gens : tu scannes la face de l'individu, et t'as toutes ses caractéristiques, les goûts, les antécédents psychiatriques, la taille de la bite, le risque de maladies cardiovasculaires.

Diego m'interrompt en m'agitant un sous-bock sous le nez.

« Sinon, t'as ce numéro-là. Pour dormir. C'est des mecs qui louent des Airbnb à plusieurs. Ça change d'adresse tous les trois jours. Tu peux t'en sortir pour vingt dollars la nuit. Pas trop confort et avec le risque de se faire choper à dormir à quinze dans une piaule mais bon.

— Merci. Ça a l'air super. »

J'enregistre le numéro dans mes contacts pour lui faire plaisir, sous l'appellation « Plan logement merdique ». En même temps ici, on a des critères assez bas : on te propose de t'entasser dans une chambre, tu remercies Jésus.

« T'as pas une autre copine chez qui dormir ?

— Pas encore. »

Je fais défiler des profils de nanas sur Tinder. Il commente ou fait la grimace. Moche, belle, non, pas moyen, bingo... Facebook est parti de la même idée : évaluer et mettre des notes à des meufs.

« Aujourd'hui, tu vas pécho, obligé. Les jours de catastrophes, les filles sont chaudes comme la braise...

— Ouais ouais et pas les mecs, genre ?

— Bah, les mecs, c'est la catastrophe tous les jours. Moi, je m'en fous, j'ai une fiancée.

— C'est ça, ouais, c'est pour ça que tu fais des call avec toutes les filles du monde.

— Se branler, c'est pas tromper, mec. On a le droit de mater. Moi, j'ai éduqué mon œil, je peux te dire. Je peux voir direct quand les seins ou les fesses sont refaits. Je suis un expert.

— C'est top. Une expertise qui sert à quoi ?

— À passer le temps. Quoi d'autre ? »

Il aspire une grande latte et plisse tout son visage comme s'il voulait imiter un vieux sage indien.

« Si tu regardes bien, même les gens qui travaillent

comme des fous, ils font pas autre chose. Ils passent le temps. Produire, ça sert à pas s'ennuyer. C'est l'ennui qui tue. Même si un mec te plante ou se met à tirer sur des gens, une fois sur deux, c'est parce qu'il s'ennuie. Pas vrai ? »

Il dit ça tout en faisant défiler des femmes à poil sur son téléphone.

« Alors autant s'en mettre plein les yeux. Des culs, des culs, des culs. Des seins, des culs. Des gros culs, des petits culs, des très gros culs.

— C'est bon, j'ai compris l'idée.

— Elles se font toutes gonfler le cul comme Kim Kardashian. Ça veut dire quoi ? Pardon, ça veut dire : baise-moi ! Moi, chaque fois que je vois un cul comme ça, je mets un cœur. Soyons clair, avec l'émoji dick, on serait moins hypocrites. »

Voir en arrière-plan des chiens se sentir l'arrière-train donne à ses paroles une profondeur inattendue.

Ces meufs, elles se la jouent déesses de la fécondité. Sauf qu'on est tous stériles, alors autant baiser et regarder des culs. Qu'est-ce qu'on en a à foutre ? »

Un jeune mec passe, avec des petites lunettes de premier de la classe et un skateboard sous le bras. Il voit nos mines concentrées et compatit :

« Terribles, ces images, hein ? »

J'acquiesce tandis que Diego continue son étude. Puis il a une sorte de débat intérieur dont il me fait profiter :

« T'as quelle opinion, toi, sur les poils ? »

S'ensuit un exposé pénible sur les filles qui prennent en photo leurs poils. Est-ce que c'est sexy ou repoussant, et est-ce que c'est féministe ? La caresse des brins d'herbe se fait plus intense, et j'imagine qu'on est avachis dans l'aisselle non épilée d'une géante. Ou dans un pli de sa cuisse velue. Quel genre de mammifères s'enlève les poils, hein, Inari ? Est-ce que c'est pour avoir l'impression d'être enfant toute sa vie ? Perso, j'ai détesté voir les poils pousser sur mon corps… Un bulldog courtaud essaie de s'approcher d'Inari. Il paraît énorme à côté d'elle. Je me sens garant de sa vertu tout à coup. Est-ce que les chiens demanderaient à leurs femelles de se raser s'ils avaient la parole ? Est-ce que les chiennes se raseraient si elles avaient Instagram ? Wow… Faut que je siffle mes pensées pour pas qu'elles partent dans tous les sens. Soudain, Diego me met son écran sous le nez avec une image non identifiable de chair tuméfiée.

« Tu connais le snapchat de Dr Florida ? C'est mieux que la pire des séries, mec. C'est le chirurgien le plus cool du monde. Il a un trône dans son cabinet et tout. Il opère en direct. T'as jamais vu ?

— Ben non putain, quelle horreur ! »

Je vois bien un cul sur la photo mais j'ai du mal à distinguer la situation.

« C'est le corps humain, mec. C'est juste une meuf avec un aspirateur dans le cul. Ça va, t'as vu pire sur Youporn, je suis sûr.

— Nan sérieux, j'ai pas envie de mater des opérations là, c'est immonde.

— Mais regarde l'avant-après. La simulation 3D.

— Mais attends, la nana est super canon, il est bien son cul ! »

La nana est non seulement super canon, mais elle ressemble vachement à @GeenaLifeisBeauty, la maîtresse d'Inari. Peut-être qu'en ce moment-même elle est à Miami pour se faire rembourrer. Tu dois avoir sacrément mal au cul dans l'avion.

« C'est son choix, mec. Respecte. Et mate.

— Le soi-disant docteur, là, il commente en même temps ! J'hallucine, regarde, il répond pendant qu'il injecte la graisse ! Il met des smileys et tout !

— Mais non c'est ses assistants. »

Je lis les commentaires, incrédule.

Je suis en première année de médecine et je rêve d'être comme toi plus tard. Dr Florida ! Je suis fan !

Dr Florida répond :

Vas-y mec, crois en tes rêves.

« T'imagines, ton rêve, c'est d'aspirer ou de rembourrer des culs ?

— Ben franchement, y a pire. »

C'est là qu'on se rend compte qu'on a personne à qui envoyer : « Je t'admire » ou « Plus tard j'aimerais être comme toi ».

Les gens. Ils me dégoûtent.

Je finis par me tourner de l'autre côté pour avoir un peu d'intimité, et je regarde les profils que m'a sélectionnés Tinder, sans grande conviction. J'ai pas été très actif ce dernier mois, et quand tes stats baissent, ils t'envoient que des profils merdiques. Les ribambelles de visages passent devant mes yeux. La géolocalisation donne pas grand-chose, y a personne ici. Soudain, j'ai un match avec une fille nommée HMN+ et un message assez intrigant :

T'en as pas marre toi, d'être un humain ?

Pour le coup, miss HMN+, on pouvait pas mieux

définir l'humeur de la journée... Sa photo est bizarre, toutes les couleurs sont trafiquées, yeux bleu glacial, cheveux violets et des sortes de diodes collées sur les sourcils. Elle m'a harponné, alors je réponds.

Mais tellement...

Elle réagit du tac au tac.

J'en étais sûre...

Je suis pas le seul à jouer au con au lieu de draguer proprement, ça nous fait déjà un point commun.

Libre ce soir ?
On peut regarder l'incendie dans un bar.
Ça change du base-ball.

Wow, c'est rapide. Avec un peu de chance, j'ai un toit pour cette nuit.

C'est incroyable ta photo. Tu fais du cosplay ?

Rien à voir.
Les masques sont parfois plus vrais
que la personne en dessous.

Okaaaay... J'en ai un peu ma claque de la e-philosophie pour aujourd'hui...

Je réponds :

T'es une extraterrestre ?
Tu cherches des humains
pour leur manger le cerveau ?

Et elle ne me répond plus. Les cases de conversation entament une danse lascive devant mes yeux. J'ai envie d'une attente musicale pour combler ce suspense un peu lourd. Tiens, c'est vrai, je suis toujours dans le groupe Spotify du boulot. Je peux surveiller, de loin, leurs délires musicaux à Puluuluk, alors que je n'y suis plus. Yes, j'aurais dû me désabonner tout de suite. Je peux même deviner quand Karim met la zique. Forcément, il m'a vampirisé ma playlist, ce con. Hier, y a eu pop-rock des années 2000, puis crooner années 1950, et puis ça a viré Brasil, « The Girl From Ipanema » et tout. À l'heure de l'apéro, sûrement pour ambiance caïpirinha et alcool de cactus à la piscine.

Bref, l'air de rien, on peut dire que j'espionne leur playlist.

Coolio – « Gangsta's Paradise »

The Doors – « Light My Fire »

Coldplay – « Paradise »

Georges Ezra – « Paradise »

Madonna – « Paradise »

Paradise, feu. Blagues lourdes ou hommage ? On ne sait pas, si ça se trouve, ils sont en train de pleurer sincèrement. Si je partageais ça sur Twitter, ça ferait un bad buzz de malade pour Puluuluk. Mais bon, je suis gentil. Juste, je quitte le groupe, enfin. Ils vont sûrement avoir un message signalant ma déconnexion.

J'imagine mon Karim avec son accent californien en bois…

« Cheese, il est parti ! »

Je me suis bien foutu de sa gueule, il croyait vraiment que les gens disaient « Cheese ! » Genre une expression pour dire de sourire aux autres. Ou alors parce qu'il était français, on s'exclamait « fromage » ?

« Non mec, en fait, c'est "Jeez", le petit surnom de Jésus.

— Oh merde… "Jeez" ?!

— Heureusement que je suis là, zéro cred, mec. »

Et du coup, on s'exclamait « Cheesy Crust » au lieu de « Djizeuss Kwaïst » ! En hommage aux Cheesy Crust, les pizzas avec la croûte fourrée au fromage.

Je revois Karim, assis sur son cul à programmer ou jouer sur son ordi de jour comme de nuit, alors que moi, j'ai tout de suite voulu me jeter dans la gueule de la ville.

« C'est bon, elles vont pas s'envoler les meufs ! »

Ben, si mec… Moi, j'étais dans l'angoisse totale, je faisais que flipper : les événements trop cool que j'allais rater, le nombre de photos que je pourrais pas poster. Des fois, il me trollait mon Insta. Mais là, il commente rien, il s'est même pas abonné à mon nouveau compte.

Enfin bon, à quoi bon refaire la story, quand c'est passé, c'est passé. Oui, j'aurais dû voir venir le truc. Quand tu délaisses une activité, elle t'en veut, elle se rappelle à toi, puis elle lâche l'affaire. L'amitié avec Karim, elle avait beau durer depuis trois ans, elle a lâché l'affaire. Pourquoi on s'attache à quelqu'un ? Et surtout, pourquoi on se détache ? Pourquoi le lien imaginaire se rompt ? Ça te sort de l'esprit. Et comme l'esprit a horreur du vide, c'est remplacé par autre chose. C'est peut-être lui qui a dit à Brian que j'avais pas de team spirit. D'un coup, je me demande si en plus de mes codes de perso dans Warcraft, il a aussi les codes de ma vie, et si c'est lui qui me trolle ma journée, qui me fait pleuvoir toutes ces emmerdes sur la gueule.

Ting ! Ting ! Bzz ! J'ai des tonnes de notifications. Vraiment des tonnes de likes ! Y a Libby @yogadog qui m'a reposté et ça me ramène la meute de ses followers. Et les instaladies du cimetière. T'es vraiment une star, Inari. T'as des fans en Angleterre et même en Nouvelle-Zélande. Et pardon, mais j'espère que tu captes bien que, moi, je te mets bien mieux en valeur que ta maîtresse. Avec une vraie dimension artistique. Une intention. Un regard. C'est pas juste pour montrer mes nichons ou faire des duck faces. Je caresse l'idée d'aller au Golden Gate Bridge pour recréer la scène où Kim Novak se jette. Je peux tout à fait récupérer mes iench de l'après-midi et les emmener dans une petite balade touristique. Ça te dirait, Inari ? Tes followers t'attendent.

7.

Ghost picture

Je jumpe dans un tram. Mon pass déconne mais le chauffeur me fait signe d'aller m'asseoir... Je me carre le cul sur des sièges durs, on dirait que la rame date des années 1970. C'est marrant leur délire d'avoir gardé les vieilles rames du siècle dernier. Quand on prend un tram sur la ligne F, on fait un petit voyage spatio-temporel. Design, confort et typo des années 1960, 1970, 1980, c'est la grande loterie. L'histoire de la ville se manifeste à toi si tu restes pas le nez dans ton smartphone, tu pourrais presque te croire au Summer of Love ou à l'époque de Harvey Milk.

Wow, je sais pas si c'est le joint, mais le réel est un peu trop précis, avec toutefois un léger temps de retard. J'ai l'impression de porter un casque de réalité virtuelle et d'avoir mal au cœur dès que j'oriente mon regard quelque part. Et je l'aperçois très nettement, le fil de mes pensées qui se coupe, et s'entremêle. Être ici, suivre les fils de discussion, préparer la suite en trois coups, dix coups, annuler, revenir. La journée s'étire, protéiforme.

Mon esprit se déroule, comme un oiseau qui irait dans toutes les directions à la fois. Un oiseau de Twitter, toujours interrompu. Par des milliers des milliards d'autres oiseaux. T'entends le concert de loin mais personne ne t'écoute. Sirène clac clac ding ding. Les bruits hors d'âge du tram métallique.

Je pousse légèrement Inari du pied, et je vois une meuf qui fronce les sourcils en replongeant dans son téléphone. Est-ce qu'elle est en train de me saquer sur DoggieSF ? Du coup, je lui caresse la tête, Inari plisse les yeux, comme une petite peluche. Bon, assez rêvé, je retourne sur la messagerie de Tinder. La fille HMN + n'a finalement pas lâché l'affaire quand je l'ai traitée d'extraterrestre, au contraire, elle m'a répondu par une série d'émojis : extraterrestre, homme, café, point d'interrogation.

J'apprécie. Je vois le délire, autant y aller cash : deux pintes de bière qui trinquent et un point d'interrogation. Elle a vu le message. Elle attend. Elle réfléchit. Sans même en avoir l'intention je me retrouve sur le fil Instagram de Diane, prêt à me réabonner. Elle me manque ? Pourtant, j'avais passé l'étape sevrage, mais disons que ne pas recevoir ses petits messages, ça me fait un vide. Hier encore, on s'envoyait des émojis débiles. Et là, rien, le néant. Ça me tue un peu.

Parfois, t'es plus attaché aux échanges avec la personne qu'à la personne elle-même. Avec Diane, c'est pile ça. On s'est tellement marrés à s'écrire, à se surprendre. À remarquer qu'on pensait l'un à l'autre pile au même moment. Ça nous est arrivé un nombre incalculable de fois, je prenais mon téléphone pour lui envoyer un truc et ting ! j'avais un message d'elle. Witch. C'est cette connexion-là qui manque, la possibilité d'être ensemble quand on n'est pas ensemble. Et en fait, quand on était ensemble, ben c'était pas aussi cool. Elle tentait toujours d'avoir des conversations sérieuses, d'aborder « les vrais sujets ». Me revient une de nos dernières conversations.

« Tu sais, la fac ici, ça t'apprend surtout à perdre ton amour-propre. La plupart des gens sont déjà en train de monter leur boîte, y a une compétitivité de malade. Et les mecs sont assez cons. Mes copines et moi, on essayait de sortir avec les étudiants étrangers, ils font moins de statistiques sur leurs pratiques sexuelles.

— T'es sûre de ça ? »

Quelque chose a assombri ses yeux et figé son visage. Un souvenir ? J'ai cru qu'elle allait me le raconter, mais elle s'est fermée comme une huître, elle avait sans doute déjà décidé que j'étais pas un interlocuteur assez important… Et elle a dit :

« On se fait livrer un truc ce soir ? un pad thaï ? »

J'aurais dû insister. Ce jour-là, toutes ses émotions sont rentrées dans sa tête pour se cacher. Et moi, j'ai rien dit. J'ai envie de lui envoyer une photo de cette vitrine avec une pieuvre. Elle aime bien les pieuvres aussi. Mais bon, faut se souvenir qu'elle m'a dit de me barrer et que « silence radio ». Je parcours la totalité de mes émojis, j'avais jamais été jusque-là dis donc, y a quand même un chat sur le dos d'un cheval. Hé Diane, t'as vu ça ? Un chat sur le dos d'un cheval !

Le tram tressaute. Et mon gros pouce envoie l'émoji à Diane. J'attends sept longues minutes en me le mordillant. Elle ne répondra pas. Enfin bon, un émoji, c'est pas non plus la fin du monde, ni du harcèlement. Elle doit regarder en boucle Paradise qui flambe et, moi, je lui balance un chat sur un cheval.

On dépasse une salle de sport, où les coureurs dévalent leurs tapis avec des casques de réalité virtuelle sur les yeux. Un mec tourne la tête dans tous les sens, il est peut-être dans une jungle, poursuivi par un dinosaure. C'est sûr que ça motive pour courir. Sur le trottoir, bien réel, revoilà le clodo avec son gros nounours enfoncé dans le caddie. Et je m'aperçois que j'aurais dû descendre largement avant pour me diriger vers le nord. Je vais devoir faire le tour par Embarcadero et remonter le long des quais jusqu'au Golden Gate Bridge comme un touriste. Je vais être à la bourre pour les chiens de l'aprèm, mais généralement, les maîtres sont pas à la casa. Avec un peu de chance, grâce aux incendies, ils penseront pas à checker les données GPS de leur chien.

Next stop les immeubles de Twitter, de la Wells Fargo, l'immense tour de Salesforce. Pour un Européen, ça fait bouillir le cerveau de voir au même endroit toutes ces compagnies mythiques nées ici. Je visualise un gratte-ciel à mon nom, abritant ma propre compagnie. Et là, je vois l'enseigne de Funworks et les bureaux vidés, au rez-de-chaussée. La société bidon surcotée a fait faillite il y a un mois. C'est la face cachée de la Silicon Valley, des dépôts de bilan au kilomètre.

Clac, clac, changement. La crémaillère des trams crépite et c'est la dernière descente du grand huit vers la mer. Quand j'aperçois le Bay Bridge, je l'imagine qui s'effondre. J'ai vu les images à la télé, le tronçon qui dévisse, les voitures qui tombent dans l'eau comme des petits jouets. Le mec en face de moi a des cheveux gris ondulés et une chemise incroyable avec des motifs psychédéliques qui font mal aux yeux. Peut-être que c'est un hippie sous acide, dans ce tram depuis cinquante ans. Il fait partie des meubles, un pilier de la ville. Derrière l'écran de ses lunettes noires, il déroule le temps, il conçoit Internet puis il voit en rosace tous les logos des compagnies fleurir sur ses sunglasses et se projeter sur les immeubles.

Je fais une recherche « Tout plaquer et devenir… », et je laisse Google terminer ma phrase.

Il me propose :

Tout plaquer et devenir maraîcher

Tout plaquer et devenir moine bouddhiste

Tout plaquer et devenir un sachet de thé Lipton

Tout plaquer et devenir une chenille

OK Google, c'est chelou. Conclusion : on ne peut pas se baser sur les recherches de millions de personnes en burn-out pour avoir une réponse.

Voilà encore un screenshot que j'aimerais envoyer à Diane, ça la ferait rire.

Sur ces entrefaites, Karim me contacte. Je le savais, putain, qu'il réagirait à ma déconnexion du groupe. Yallah ! Je dis pas que je l'ai fait pour ça, mais c'était tellement prévisible que ça m'arracherait un sourire si j'avais pas la mâchoire gelée.

Ça va mec ? Tu branles quoi ?

Là ? Je monte une start-up et toi ?

… ils disent quoi à l'école ? Tu vas rentrer ?

Nan, c'est bon, faut que je trouve une petite mission quelque part et ils arrondiront pour les heures. C'est tranquille, t'inquiète.

Karim, il croit si fort à sa bonne étoile de la win qu'il

est catastrophé à l'idée que je lâche le truc. Je laisse filer les secondes, le nez collé à mon écran, et il se passe rien. Le monde se tait… ou alors le réseau me lâche, et je suis le seul électron libre de l'univers.

Une vieille femme noire monte dans le tramway avec son déambulateur garni de sacs à dos crades et de sachets remplis à en crever. C'est incroyable, le nombre de vieux miséreux en fauteuil ou en déambulateur qui crapahutent dans les rues ici. Là, tout près de Market Street et de ses galeries marchandes, ils investissent les trottoirs dès la tombée de la nuit, par grappes, et installent leurs matelas. Comme un quartier entier de pauvres et de handicapés de la vie qui remonterait soudainement à la surface des choses visibles. La vieille femme me lance un regard neutre, puis sourit à Inari. Elle marmonne un truc incompréhensible, elle n'a pas de dents sur la mâchoire du haut.

Je relance ma target Tinder qui a dû s'endormir. Je lui colle un extraterrestre et un émoji qui vomit. Avec un point d'interrogation. Pas trop sûr de son interprétation mais bon…

Elle répond par un éclat de rire. Good. Un autre message se prépare. Elle m'envoie un tentacule. Puis ajoute :

Sorry, c'est comme ça
qu'on dit like [pouce levé]
sur ma planète.

Smart. Funny. Y a quand même un truc qui est top avec le small chatting, c'est qu'on tombe sur des perles, Cheesy Crust ! c'est mieux que la plus addictive des séries. On élabore une nouvelle langue à deux, est-ce qu'on peut s'associer, baby, pour inventer ce langage, à base de têtes jaunes, d'animaux rigolos et d'aubergines ?

J'ai envie de marquer le coup.

T'es la seule aujourd'hui qui n'a pas
l'air flippée des incendies.

Je viens d'une planète en fusion.

La meuf reste dans le délire, ça m'amuse. Ça tease. Elle me file un lien vers l'Eden bar. Je cherche un truc spirituel à dire du genre super, en cette journée d'enfer. Mais ça sonne tout naze, et je mets juste :

OK.

Et au même moment, cet hypocrite de Karim ne trouve rien de mieux à faire que de m'envoyer :

J'ai un truc à te proposer pour ce soir.
Club hyper select. Genre faut être le +1 de quelqu'un.

Bon allez, ça fait plaiz, j'ai deux options pour la soirée. D'un coup, une tension se dénoue dans ma nuque. Comme si, enfin, je pouvais me remettre sur les rails, me raccrocher aux wagons de ma destinée. Je réfléchis à une réponse détachée.

Je suis ton +1 ?

No. Je suis déjà le +1 de Bobby, LoL.
Mais j'ai trouvé un mec qui veut bien t'inviter.

Karim a sûrement une idée derrière la tête, il fait pas ça juste pour être sympa. Il doit avoir besoin de moi d'une manière ou d'une autre. Je lui colle illico un gif animé de miss America qui chiale en recevant sa couronne. Et je tape :

Merci, c'est trop mignon de ta par...

Et là, alors que j'ai pas fini d'écrire le message, je constate que le correcteur de la messagerie me propose de transformer « par » en « Barbara ». Aucun rapport.

Barbara ?

Bar-ba-ra.

Je rassemble dans ma tête ce que je crois connaître des intelligences artificielles. Par quelle espèce de mystère mon correcteur orthographique me sort-il ce prénom que je n'ai jamais tapé de ma vie ?

Barbara.

Est-ce que j'ai même prononcé ou lu ce prénom récemment ? Je pense à la douzaine de filles que j'ai rencontrées via Tinder : Mellina, Sharp Mary, sarahZ+, Alicia, Mariella, Penelope, July... pas la moindre Barbara. Je parcours rapidement mon appli de gestion de dating. Pas de Barbara, maintenant c'est sûr. Et je suis certain aussi que j'ai jamais fait de recherche sur la chanteuse du siècle dernier avec sa voix de dépression. Rappelle-toi Barbara. Non, vraiment, je ne vois aucune occurrence, dans mon cerveau ou dans son extension numérique, de ce prénom.

Le mot « Barbara » flotte autour de moi comme un oiseau de mauvais augure. Une sorte de fantôme d'une fille mystère qui n'a même pas de corps et qui vient d'être pondue par une suggestion de mon téléphone. Mais, finalement, est-ce qu'il ne me connaît pas mieux que moi-même ? Est-ce qu'il ne serait pas capable, lui, avec toutes mes datas, de prédire le nom de ma future copine ? Peut-être qu'il sait que je vais la rencontrer ? Aujourd'hui ? Peut-être même qu'elle est dans ce bus ?

Je me retourne, une femme aux cheveux orange et à la doudoune argentée me sourit. Elle n'a pas du tout une tête de Barbara. Inari me fixe bizarrement ou alors je suis complètement parano ? Je regarde sur Facebook, si j'en connais une, de Barbara. Et tout à coup, sans lien logique, c'est un autre prénom qui me hameçonne et me tire dans le passé. Une putain de notification d'anniversaire de Lola. Ma petite Lola que j'ai complètement oubliée en traversant l'Atlantique.

J'ai son odeur de myrtille qui me revient dans les narines, et je me rappelle que Diane crapotait de la myrtille dans sa vaporette. Je suis un putain d'amnésique ou quoi ? Le même parfum ? Je sais pas si c'est le joint qui m'oblige à cette madeleine, ou mon esprit qui se sent bizarrement assez bien pour se vautrer dans le passé. L'idée se fait un chemin, je pourrais presque la suivre géographiquement, la tracer en train de remonter les strates de temps, jusqu'à ma préhistoire. Lola, c'est ma première amoureuse, et ça n'a juste rien de commun avec toutes ces meufs que j'ai essayé de rencontrer ici. Je serais incapable de dire ce qui se passe dans la tête d'aucune d'entre elles. Lola, je pouvais, à l'époque… On était connectés. Comment elle serait maintenant ? Y a quand même des âges où on est des Pokémon pas finis… Mais merde, je tombe quand même pas amoureux des filles à cause de leur odeur de myrtille ?

Timelapse. Je me revois avec Lola à onze ans, à quatorze, avec les vagues, les nuages, et les oiseaux qui clignotent dans le ciel. Et me voilà ici, et elle, nulle part.

Ce qui s'est déroulé entre-temps, j'en ai des souvenirs flous, mais ça n'a pas plus de consistance. Au niveau du sens, il ne m'est rien arrivé. Bon enfin, tout ça, c'est l'ancien moi et je crois bien que je vais l'oublier dans le tram.

Partout dans le ciel courent des fils électriques.

8.
Signal GPS perdu

Quand je descends du tram, il fait encore plus froid. Mon téléphone bipe et me guide pour récupérer les chiens de l'après-midi dans les maisons chic de Pacific Heights. Deux proprios ont annulé, sans doute à cause du feu, mais il m'en reste tout de même trois. Je ne croise aucun maître, aucun housekeeper, personne. Et me voilà bientôt attaché à mes nouveaux copains : Pattinson, Coco et Ginger. Et bien sûr Inari, qui flaire avec méfiance les nouveaux venus. Ginger, un grand poodle un peu flegmatique sort de chez le coiffeur, tout rasé avec la touffe de la queue bien fournie qui danse dans le vent. Coco, petit bichon maltais, a une doudoune rose, oui, une doudoune rose pour chien, et Pattinson, le chihuahua, un gilet à carreaux du plus bel effet sur son corps de rat. Je suis épuisé, mais les chiens trépignent, impatients de démarrer la cani-randonnée. Cette ville, quand tu la parcours, tu tombes amoureux à chaque coin de rue, un mur peint, un immeuble fou, une portion de pont, des forêts en pleine ville et la mer bleue au bout des perspectives… Mais putain, tu la sens aussi, ça grimpe. Ça tire en bas du mollet, une corde de douleur qui se répercute dans le genou et remonte te chauffer la cuisse.

Les chiens galopent bruyamment sur le pont qui enjambe la voie rapide pour rejoindre Crissy Field. Encore un peu et mon bras va s'allonger, je ne peux plus suivre. Fading, le rugissement des voitures se confond avec celui des vagues. Et quand on a traversé ce pont, on est transportés dans une zone marécageuse.

Les toutous s'ébattent sur le sable gris autour des flaques détrempées. Un oiseau improbable avec un grand bec me croasse dessus, pour me rappeler agressivement :

« T'es limite dans l'hémisphère sud, mec, alors fais pas trop ton malin. »

Les chiens courent vers un dog-walker sportif qui fait son jogging avec quelque chose comme trente chiens. Mon e-clope, histoire de participer à la journée de la galère électrique, n'a plus de batterie.

D'un côté, il y a Alcatraz, de l'autre, les collines et le pont rouge dans toute sa splendeur qui plante ses pattes sur les deux rives et le sommet de ses piliers dans le ciel. Inari observe les oiseaux avec crainte. Elle s'est mis de la terre sur son pelage blanc roux. Des mouettes se rassemblent. On voit même une file d'oies sauvages qui traverse le ciel en ligne droite, pas eu le temps de les shooter, dommage. Je me mets au ras du sol et je lance un caillou sur les mouettes pour une photo #instahitchcock #TheBirds. Avec la gueule effrayée d'Inari, c'est tordant. Les likes pleuvent sur mon image.

Je siffle mes clebs, ils reviennent vers moi en faisant jaillir de grandes gerbes d'eau.

« Calcule l'itinéraire à pied jusqu'au Golden Gate Bridge.

— Dix-huit minutes pour le Golden Gate Bridge. Démarrer l'itinéraire ? »

On y sera en un quart d'heure, je marche toujours plus vite que l'appli. Et je pourrai faire ma photo *Vertigo*, la scène où Madeleine erre sur le quai, avec le pont en arrière-plan, juste avant qu'elle se jette dans l'eau. Le bridge grossit à vue d'œil, saturation des couleurs, du rouge brique sur le bleu pimpant. On a beau l'avoir vu des trilliards de fois, ça fait toujours un truc. L'air de la mer semble léger. On arrive au milieu d'un groupe de touristes acharnés qui ont dû raquer sévère pour se payer le voyage et qui veulent leur photo du pont rouge avant de remonter dans le bus.

J'attache les chiens en traître, ignorant leur air vexé. Je dépose Inari au bord du quai et je recule de trois pas. Elle me regarde avec dédain, puis me rejoint. On dirait que madame fait la grève de la pose. Je la ramène près du bord, lui donne un biscuit et la mitraille en mode rafale. Résultat, sur toutes les photos, elle est en train de mâcher, gueule ouverte. Y a tout un tas d'éléments perturbateurs sur l'image : un chien qui s'approche, un gamin qui court. Totalement loupé, l'effet *Vertigo*. Je prends plusieurs photos du ciel, du sol, en me disant que je pourrai détourer un peu. Au même moment, Pattinson et Coco se chicanent et se grognent dessus. Les lourds. Le temps que je les calme, il y a des gens dans mon champ. Une femme et sa fille pour un selfie qui dure des plombes. Encore une instagrammeuse professionnelle qui s'escrime à faire entrer dans le cadre le Golden Gate Bridge ET tous les vêtements qu'elles portent, elle et l'enfant.

Plutôt bien foutue d'ailleurs, jean slim, boots dorées, pieds en dedans, veste noire légèrement strass, munie d'une perche à selfie et d'une petite fille très pro pour les poses de petite fille. J'attends patiemment qu'elles dégagent mais la photo n'a pas l'air de la satisfaire.

« T'as fermé les yeux !

— Mais c'est à cause du vent, Maman !

— Tiens tes cheveux comme ça, c'est mignon ! »

Et c'est reparti pour la pose maniérée. La petite soupire et se recolle un sourire sur la figure.

« Chérie, si on voit pas ton gilet, je pourrai pas taguer American Kids, ouvre ton blouson. Allez, encore une ? »

Instasourire, instamoue boudeuse. Dès que l'appareil est baissé, les sourires s'effacent comme par enchantement. La fillette geint « J'ai froid », et la mère lui dit qu'elle peut refermer son manteau. La mère se barre enfin de mon cadre, pour poster sa production, mais la petite s'approche d'Inari et la caresse un moment. Inari ferme les yeux, visiblement heureuse. Les autres chiens derrière se mettent à aboyer, ils me stressent. La mère est prostrée sur son téléphone, en train de copier-coller les hashtags de marques de vêtements pour lesquelles elle fait de la pub gratos. La petite s'aperçoit que la mère est loin, le regard plein de haine ou de désespoir, elle se met à courir. Je lance un caillou vers Inari en espérant la shooter de profil. Elle ignore superbement ma manœuvre. Allez Inari, regarde par là ! Une touriste en K-way rouge, un ton au-dessus du Golden Gate Bridge, me toise en passant. Une femme à parka rouge dit à son mari à parka bleu :

« Pauvre chien. Si c'est pas malheureux... »

J'ai envie de lui crier que ma chienne est en fin de vie et que j'aimerais avoir un souvenir de l'endroit où on s'est rencontrés. Mais vu la manière dont je viens de gueuler sur Inari, ça paraît pas crédible.

Soudain, j'entends la sonnerie désagréable de Skype. Un instant, je me dis que ça doit être un call de boulot, qu'ils ont peut-être oublié de m'enlever des groupes Skype mais non, c'est ma mère. Inari me lance un de ces regards attristés, genre tu vas pas ignorer ta propre mère quand même ! Je baisse les yeux vers ses messages angoissés :

Ça va ?

Qu'est-ce que tu fais ?

C'est terrible ce feu !

Je finis par décrocher.

« Hey ! Salut M'man.

— Oh là là, dis, heureusement que tu réponds, je me faisais un sang d'encre !

— Mais ça va, t'inquiète, y a rien ici.

— En plus, ça fait des jours que j'ai aucune nouvelle, j'ai cru qu'il t'était arrivé quelque chose !

— Non mais c'est bon, Maman. »

J'entends sa voix mais l'image se fige sur elle, bouche ouverte, déformée comme un mauvais rêve.

« Je sens qu'il y a un truc. Tu me le dirais si y avait un truc, hein ? Ta copine, ça va ?

— Mais ouais, nickel.

— J'ai vu qu'elle était au Chili, qu'est-ce qu'elle fout au Chili ?

— Maman, putain, arrête. Je vais à une réunion là, je peux plus te parler, bisous.

— Attends chéri, attends, faut que je te dise : j'ai

tiré le Yi King pour toi, t'as eu le trigramme "Po". Regarde… »

Pourtant, elle le sait que je veux pas envoyer mes émotions dans le gros cloud familial. Depuis que je suis plus là pour absorber comme une éponge toutes ses angoisses existentielles, elle reste en circuit fermé avec son jeu de divination chinois.

« "Po" ? Comme dans les Télétubbies ? »

Elle me partage l'image d'un carré constitué de traits horizontaux.

« En haut, c'est la montagne, et en bas, la terre. Ça veut dire que tout s'érode. Que les repères s'effondrent, que la chance tourne. Alors dis-moi si t'as quelque chose, dis-moi, me baratine pas… »

Maman… maman, elle est tellement devenue la caricature d'elle-même. Avec la distance et le miroir déformant des réseaux sociaux, je ne sais plus trop quel est le lien entre cette personne et ma mère. Elle gobe tout, toutes les conneries sur Internet. Tous les complots. Mais bon, faut dire que je l'ai bien habituée à lui raconter toujours une bonne histoire plutôt que la vérité. Car je sentais déjà que je la décevrais. Le storytelling, c'est le secret. Mettons, t'as neuf ans, tu t'es fait pécho parce que t'as pas pensé à effacer l'historique de tes recherches. T'as regardé des vidéos de boules. Situation purement hypothétique. Bon. Ça arrive à tout le monde, mais tes parents, ils vont pas se dire ça, ils vont appeler le pédopsychiatre. Moi, c'est simple, j'ai dit à ma mère qu'on m'avait traité de PD à l'école et que du coup je faisais des recherches. Elle a même pas vérifié. L'écran de fumée PD, ça l'a occupée pleinement pendant des mois. Déclenchement de l'alerte rouge, directrice et profs en mode vigipirate du bullying, et SOS homophobie.

Mais il y a un revers, quand on est doué en bullshitage… Ma mère, ça l'a rendue dingue que je sois finalement hétéro. Elle avait construit son histoire, répété son rôle pendant des années de sorte à réagir comme il faut lorsque je serais prêt à faire mon coming-out. Elle s'était imaginée en mère d'un jeune artiste ultra-sensible, façon Xavier Dolan, qui ferait des portraits d'elle corrosifs et tendres à la fois. Ça lui a fracassé son mythe perso, sorry Mum, quand je lui ai dit pour Lola, ça l'a limite foutue en rogne.

« Personne t'oblige à intégrer les normes de la société, tu sais. »

Et depuis, elle traque le moindre signe de malaise existentiel chez moi.

Servir la bonne histoire à la bonne personne. Le storytelling, ça marche partout, en politique, avec les filles, avec le business. On se plante parfois, souvent ; l'important, c'est d'intégrer les échecs à l'histoire. Dans tous les films américains, on a ça, un récit christique, ça réconforte. Plan / échec du plan / traversée du désert / définition d'un nouveau plan. La timeline se déroule. Succès, trahison, crucifixion, résurrection.

Faut savoir changer de cap. Mais avec les mamans, c'est chaud de pas faire du surplace.

« Maman, il est une heure du mat' là chez toi. Va te coucher, sérieux. »

Et au moment où je vais raccrocher, elle ajoute, excédée :

« Appelle ton père si t'as besoin de fric, merde, il s'est jamais occupé de toi alors il peut bien… »

Et allez, ça faisait longtemps. Bisous Maman.

Le brouillard dense rogne le cadre, les sommets des piliers rouge brique ont disparu. Le passé me tire de l'autre côté du globe, mon présent rétrécit, dans une image à bord perdu. Mon père et sa ribambelle de copines dont j'ai oublié la plupart des visages. Jusqu'à ce qu'il se maque avec une fille de vingt ans de moins que lui et qu'il ait ce bébé qui paraît-il est mon demi-frère. Le pauvre.

Un coup de vent me gifle, y a un truc, ou plutôt une absence, un vide dans l'angle mort. Je relève la tête, je scanne l'espace.

Un gosse, une vieille avec une capuche, un cycliste, des pans de manteaux qui s'envolent. Un vélo qui peine contre le vent.

Inari a disparu.

Putain… mais poussez-vous, je vois plus Inari ! Je bouscule tout le monde jusqu'au bout de la jetée, je me retourne, je guette.

Elle. N'est. Nulle. Part.

Inari, c'est pas possible ! Je me mets à gueuler tout haut. J'avance vers le bord du quai. L'eau grise s'agite et l'écume mousse, blanche comme le pelage d'Inari. Soudain, ma vue se brouille, j'ai le sentiment que l'eau se fige, qu'elle se transforme en épaisse gelée… Ce serait con quand même. Ce serait con que je doive me jeter à l'eau pour la secourir, exactement comme dans *Vertigo*… Mais je le ferais si je la voyais. Je me baisse, je scrute les gros cailloux, les arêtes d'écume des vagues. Cherche, cherche. Je ne sais pas du tout quoi faire. Si seulement j'avais un odorat surdéveloppé ou une audition de super-héros, si seulement j'avais un indice. Je trouve le biscuit à moitié croqué qu'elle a mâchonné.

J'ai encore un peu de temps devant moi puisqu'il faut la ramener vers seven p.m. J'attrape des gens à la volée, je leur mets mes photos sous le nez. « No », « No », « Oh cuuute », « Sorry, young man » : personne ne l'a vue. C'est quand même absurde, tout le monde ici prend des fucking photos, pas un centimètre carré de cette vue mondialement connue qui ne soit mitraillé et transformé en pixels, et personne n'a capté ce chien. Un chien comme ça, un number ten, il passe pas inaperçu. Je détache les autres clebs et je les interroge. Ginger, Pattinson, Coco ? Vous l'avez vue, non ? Vous l'avez vue se barrer ? Elle est partie où ? J'espère deux minutes qu'ils vont se lancer tous les trois dans la même direction comme dans un film où les chiens comprennent les humains. Sérieusement, ils ont passé une heure à lui renifler le cul et y en a pas un pour flairer sa piste ! Elle a dû suivre la fille de l'instagrammeuse, ou refaire le chemin à l'envers.

Je cours comme un dératé. Je suis essoufflé. Et je maudis tous les mythos sur mon prétendu asthme pour échapper aux cours d'endurance. Si seulement j'avais appris à courir, j'en serais pas là. Si seulement j'avais appris ne serait-ce qu'une fois à me conduire intelligemment, j'en serais pas là non plus. Putain, c'est vrai que l'air est irrespirable. Et soudain, je pile. Le GPS ! Inari a un collier équipé d'un GPS. Mon pouce zigzague frénétiquement sur l'écran, ça picote. Un microscopique bout de verre s'est logé dans un sillon de mes empreintes digitales. Je vois l'écharde brillante. Mon index prend le relais. Putain d'appli, pas à jour, évidemment. C'est quand chaque seconde compte que tu t'aperçois qu'en fait rien n'est instantané. Comme un dingue, je plonge dans mes mails à la recherche des codes du collier d'Inari.

Je prie, j'implore l'aide de tous les satellites qui bourdonnent autour de la Terre comme des abeilles folles pour nous indiquer les positions des bus, des pizzerias, et suivre le moindre de nos pas. Trouvez Inari, maintenant, merde ! Un point bleu miraculeux s'affiche sur mon plan. Alléluia. Merci les satellites ! Je mets mon casque intelligent sur les oreilles et une douce voix me susurre :

« Continuez à droite sur Marina Boulevard. »

What ? Mais qu'est-ce qu'elle fout là-bas ? On dirait qu'elle a longé la mer, ça fait une trotte avec ses minuscules pattes… Elle s'est téléportée vers le spot le plus touristique, vers la bouffe peut-être ? Cette fois, c'est moi qui tire mes toutous par la laisse. Je grimpe dans le parc de Fort Mason qui surplombe l'ancien port militaire. Ça redescend et je dévale la pente en criant son nom. La voix me parle calmement dans l'oreille, je me conforme à ses ordres.

« Continuez sur Marina Boulevard. »

On redémarre le sprint, Ginger et Pattinson sont tout fous, poils au vent et se mettent à aboyer de bonheur, je les fais taire pour entendre la voix de mon GPS.

« Vous arriverez bientôt à destination. »

La mer est d'un bleu insolent, l'île d'Alcatraz m'aveugle. Mais sur la rive, pas de traces d'Inari, elle n'est pas du tout à l'endroit indiqué par le point bleu.

« Le signal GPS est perdu. »

Ah ben super. La roue qui symbolise l'actualisation, autrement appelée roulette de l'enfer, tourne sur elle-même, impitoyable. Terrorisé, je vois le point bleu qui se matérialise en plein dans l'eau. Je regarde la mer… Ou alors… Je l'imagine au fond, en train de couler. Et tout en courant, je comprends que c'est mon GPS qui est en carafe. Je dois faire des tours sur moi-même pour comprendre qu'il inverse les directions de cent quatre-vingts degrés. Mon cône de direction est complètement à l'envers comme si je marchais à reculons. Et si je change de côté, j'ai l'air d'avancer en crabe ? Ça voudrait dire qu'Inari est de l'autre côté, coordonnées en miroir, vers la ville.

« Faites demi-tour. »

Je refais les réglages de la géolocalisation agitant mon smartphone comme une vieille boussole pour qu'il retrouve le Nord. Tout rame et prend des plombes. C'est une torture. Les chiens m'encerclent, la laisse s'enroule sur mes mollets. On va peut-être éviter le gag à la *101 Dalmatiens*, merci.

« Le signal GPS est perdu. »

Rhaa… Et cette batterie qui meurt à toute vitesse. Je suis mal.

Un panneau au bord de la marina m'avertit : *Tsunami Hazard Zone. En cas de tremblement de terre, aller en hauteur ou à l'intérieur des terres.* Là-bas, vers l'intérieur, il y a des bâtiments, des rues bien alignées, qui reprennent leurs courses sur les collines. Le dôme du Palace of Fine Arts, bric-à-brac d'architecture néo-classico-gréco-romaine, surgit, je vois presque les statues atterrées qui cachent leur tête dans leurs mains, dos et fesses vers les observateurs. Il paraît que les couples aiment s'y balader, c'est kitsch comme il faut. Ma mémoire me repêche un haïkulifornien, que j'avais écrit ici :

L'architecte mélange
D'immenses colonnes roses et blanches,
sur le dôme meringué.
Les muses en burn-out

4 534 likes quand même. Et je swipe par réflexe sur l'oiseau de Twitter. Je ne devrais pas regarder pour économiser de la batterie. Je ne peux pas m'empêcher de lire un horrible message d'adieu sur le #Paradisefire :

Dans les pires moments, quand un truc te dépasse, tu te mets à penser à tes proches. Je ne sais pas si je vais échapper aux flammes. Papa, Maman, je vous aime.

Vertige, cette personne n'envoie pas vraiment un message à ses parents, non, elle informe d'abord Twitter. Comme quoi, même la mort qui rôde ne peut pas nous immuniser contre l'exhibitionnisme. Est-ce que la panique justifie de faire un selfie quand on est sur le point de cramer ?

Je désactive les notifications de Twitter, et Skype, et WhatsApp pour ne pas gâcher ce qu'il me reste d'énergie. Le problème, c'est que le GPS de mon téléphone est foutu, mais celui de mon cerveau aussi. J'ai beau scruter la route, les collines, la mer, le bateau trois mâts qui se détache sur le bleu, je n'ai aucune idée de la prochaine action sensée qui me sortirait de ce bordel.

Que ferait Chuck Norris ? Que ferait Obama ? Que ferait Elon Musk ? Aller dans l'espace pour tracker Inari ? Dire à mes pensées de fermer leur grande gueule ? Je passe devant un panneau d'affichage « intelligent » qui se connecte en bluetooth à mon smartphone. Un message s'affiche juste pour moi :

Et si vous arrêtiez de procrastiner ? Mi-agenda, mi-coach, le e-journal de bord qui booste votre productivité et votre motivation. Rejoignez dès aujourd'hui la communauté des esprits gagnants !

Et juste après une pub pour du gin avec des design super funky. J'ai envie de mourir. Ils se disent que c'est le bon moment pour me refourguer de l'alcool fort.

Malgré la persistance du point bleu à se matérialiser dans l'eau, je me raccroche à une idée : les chiens ne se balancent pas à la flotte… Ils gardent espoir, ils s'attachent à la vie. Tu connais Hachikō, Inari ? Tu connais l'histoire de ce chien qui, après la mort de son maître, l'a attendu à la gare pendant dix ans ? Il a même une statue à Shibuya, ce quartier qu'on voit toujours à la télé quand on parle de Tokyo. J'essaie de me représenter le monde à travers le regard d'un chien, au ras du sol, sursaturé d'odeurs et de visions de chaussures qui se baladent partout. T'es passée où, Inari, qu'est-ce que t'as vu ? T'es retournée chez ta maîtresse ? Pourquoi tu m'as quitté comme ça, sans prévenir ? Pour reprendre mes esprits, je dévale la pente de l'Internet, et de lien en lien, je tombe sur une vidéo qui est en train de devenir virale. Un tuto beauté ? Mais pourquoi tout le monde se partage ce truc ? J'essaie de me retenir, mais mon pouce, ce traître, appuie sur le triangle de lecture d'une vidéo : « Tuto beauté RedMyChihuahua » (40 057 vues). Une jeune femme surmaquillée s'adresse à moi en faisant la belle. Je m'attends au pire.

« Hi girls. And guys, ne soyons pas sexistes, tout le monde a le droit de mettre du rouge à lèvres ! Moi, perso, ça ne me pose aucun problème, mais vraiment aucun, surtout si c'est un bon rouge à lèvres ! Je précise juste que je fais ça dans des conditions super super roots car il y a une coupure d'électricité depuis un quart d'heure. Mais je me suis dit, on se laisse pas aller, on y va ! Rien, je dis bien rien, ne pourra m'empêcher de faire cette vidéo, les amis !

Surtout que là, attention perle rare, je l'attends depuis des mois et je l'ai reçu ce matin ! Vous connaissez sûrement cette couleur que j'ai sur mes ongles ? C'est amazing, ce rouge MyChihuahua de chez OPI. Pourquoi MyChihuahua ? J'en sais rien, parce que moi je suis plutôt gros chien comme vous le savez, hey ! Mais ça m'empêche pas de le porter très souvent. Quand j'ai pas d'accord spécial à faire avec des fringues ou quoi, hop, je mets celui-là, ce rouge un peu corail, ça tue aussi bien à la piscine que le soir avec n'importe quelle couleur de cocktail, vous pouvez me croire !

Mais là, Bobbi Brown a ENFIN sorti une couleur qui, selon moi, se marie trop bien avec MyChihuahua. Vous allez voir, c'est dingue, je trouve que c'est la même !... Hihi, oui, j'ai mis un cache, petit suspense. Encore désolée pour la qualité de la vidéo, ça bouge mais mon ordi...

(Cris venant de l'extérieur.)

"FIRE ! Fire everywhere ! Come out !

— Mais c'est quoi ce bordel ?" »

Elle court. La suite de la vidéo est confuse, le plafond, les meubles entassés. On entend des cris de panique. Elle court encore. La fille, la moitié de la bouche peinte, n'a pas stoppé sa vidéo, et il y a plusieurs minutes de course désordonnée, le bleu du ciel bientôt envahi de fumée, des feuilles d'arbres en pagaille. Et le noir complet.

Il fait lourd, avec un avant-goût de chaud dans l'air. Je me sens épuisé, affamé et je me mets à saliver comme un dingue en passant devant une boutique d'ice-cream sandwiches. Drôle de délire : une boule de glace dans deux cookies, avec un topping. Un clodo demande deux boules vanille dans un petit gobelet. Sans doute pour partager avec le chien pelé qui l'attend à l'entrée. Pattinson, Coco et Ginger baissent les yeux. Les couleurs des glaces se mettent à danser, bubble gum, stracciatella, blue lagoon, green tea, bluberry pie. Ça m'écœure, tout à coup, c'est plutôt la couleur de ma gerbe que j'entrevois. Dehors, il n'y a aucun souffle d'air.

Est-ce que je dois enlever le petit gilet à carreaux de Pattinson ? J'ai très chaud. J'ai la dalle. Mais franchement, ça me ferait mal de dépenser un kopeck pour bouffer des glaces flashy. Maintenant, je mâche en essayant de penser à autre chose. J'ai bien regardé autour de moi, les gens étaient plongés dans leur incendie numérique, pas en train de faire des selfies. Aucun risque qu'on m'ait filmé à mon insu… Je me retiens d'aller voir sur YouTube s'il y a des défis de gens qui font ça. Évidemment. Si t'y penses, c'est que c'est sur Internet. Bon voilà, j'ai bouffé des biscuits pour chiens.

Je passe devant l'Internet Archive, ce bâtiment aux allures de temple romain pour conserver la mémoire du web. Combien d'espace pour stocker tous les défis YouTube ? Combien de centrales nucléaires pour toutes ces photos de chiens dans des tranches de pain de mie ? Y a des chats aussi. Les gens pourront faire des recherches, dater précisément l'apparition de ce phénomène culturel.

Mouvements esthétiques :

L'apparition de l'autoportrait : Rembrandt et les peintres hollandais.

L'apparition des selfies.

L'apparition des portraits d'animaux de compagnie dans du pain de mie.

Pourquoi cet acharnement à sourire sur les photos ? Qui a eu cette idée le premier ? Quel cri de détresse envoient ces gens ? Dénoncez-vous, merde.

Les rues s'enchaînent et se croisent, régulières, comme des étapes à franchir. Est-ce que c'est à cause du plan de leurs villes que les Américains pondent tout le temps des méthodes chiffrées : faire sa promo online en sept étapes, sortir d'une addiction en douze étapes, écrire un scénario de film en vingt-deux étapes ? Comme autant de rues à passer avant d'atteindre son but. Comme si l'univers était un gigantesque damier. Faudrait que je récupère une valise, faudrait que je récupère un appart, faudrait que je récupère un chien. En combien d'étapes ? Pour l'instant, je suis focus sur l'électricité. Besoin vital, besoin premier, redonner vie à ce foutu appareil. Tout à l'heure, il me promenait et, maintenant, il fait le mort. Faut pas faire ça. Faut pas faire ça aux gens, téléphone, je t'assure.

Ginger aboie. Une voiture pile devant moi, je ne l'avais pas vue arriver. Je suis carrément dans l'hyper-espace aujourd'hui. Je veux faire signe au chauffeur pour le remercier mais il n'y a pas de chauffeur. Voiture autonome. Je sais toujours pas comment on remercie une machine autonome. Est-ce qu'il y a une étiquette, un savoir-vivre à observer ? Thank you, Car. Mon smartphone est totalement dans le rouge. Je le supplie de pas s'éteindre, je le supplie de rester en vie.

Et là, je vois une grande et chouette librairie-café qui m'attire immédiatement. Dans la vitrine s'alignent des dizaines et des dizaines de roman de science-fiction des fifties : *L'Attaque des robots tueurs*, *Le Nyctalope contre Lucifer*, *L'Offensive des microbes*, *Apocalypse télépathique*, *L'Invasion des mutantes de fer*… La littérature apocalyptique, ça fait sourire un jour comme aujourd'hui. Je laisse les chiens attachés dehors, devant une gamelle d'eau prévue à cet effet et je m'installe côté café, en ayant pris soin de repérer la prise électrique. Je me branche avant toute chose. L'écran revit et les petits traits du voyant de batterie palpitent joyeusement. C'est seulement à ce moment-là que je m'aperçois que je ne suis pas seul et que j'ai pris place au milieu de personnes toutes assises en cercle, pour une petite réunion. Une femme d'une quarantaine d'années m'adresse un geste pour que j'arrête de faire du bruit. Pas mal, son beau sourire concerné et le tourbillon de cheveux frisés qui auréole sa tête. Un type est debout et se lance dans un slam chelou, pas très rythmé. Je lis sur une affiche que ce sont des geeks de poésie, ils se lisent des poèmes, ou les improvisent, je sais pas. J'ose plus bouger, de peur qu'ils captent que je suis là juste pour la prise. Un gars se lève, avec un T-shirt gris, une brioche en guise de bide et les joues rouges. Il marmonne un poème élaboré sur une vision nocturne. J'apprécierais assez de ne pas être au courant de ses fantasmes humides, mais j'ai besoin de jus alors je m'accommode.

Le plus discrètement possible, je supprime des applis de mon téléphone pour soulager sa mémoire. Je fais mine d'écouter les poètes, en jetant un regard en biais à mon écran planqué par ma cuisse. Je saisis des phrases au vol, « Le temps qui s'envole, nos souvenirs qui s'étiolent ». Les petits carrés colorés tremblent en attendant que mon pouce s'abatte sur eux. Mentalement, je leur rends un dernier hommage, pour services rendus : merci Tacolicious, merci Pizzalicious de m'avoir aidé à géolocaliser ma street-food préférée, merci Focus de m'avoir aidé à me concentrer, merci Yogimeditation, même si je t'ai jamais utilisée. Pour Pyness j'hésite, l'arbre a un air si malicieux et si sûr de lui.

Conseil n° 3 : Dites adieu au passé, laissez partir ce qui est révolu.

Bien vu, mec, je vais te garder encore un peu…

La femme d'une quarantaine d'années a l'air de sécréter des pseudo-haïkus à toute heure du jour. Rien à dire, c'est joli, elle nous emmène de sa tasse à café à l'espace intersidéral, comme à peu près 90 % des haïkus, mais bon, ça marche carrément.

« Dans le parc, une feuille s'envole
Dans mon écran, les arbres brûlent »

Et j'approuve, concerné, ce qu'elle semble apprécier. Je bute sur l'appli Facebook, est-ce que j'ai encore des amis sur ce réseau de vieux ? Si je la vire, j'aurai plus de lien avec mon père. Anyway, mon père, j'ai commencé à plus pouvoir le blairer dès l'instant où il a voulu être mon ami sur les réseaux sociaux. Il se figure que l'intégralité de son réseau a envie de voir des photos de lui avec son chiard, en mode rockeur sur le retour, genre je suis vieux mais je suis trop un papa poule. Enfin pas avec mon premier, lui, j'ai raté, tant pis, that's life, mais je vais bien me racheter une bonne grosse cred de daron avec ce bébé à la face de bouledogue. Tout ce que je vois sur ces images, c'est qu'il croit qu'un bébé sur le bras, ça aide pour choper des minettes de vingt ans. Ou c'est pour faire enrager un peu plus ma mère ? Et ma mère, c'est l'angoisse, elle poste essentiellement des photos des fleurs de son jardin, et des aquarelles des fleurs de son jardin. Le tout assaisonné de maximes simili-bouddhistes. J'ai codé un programme pour les liker automatiquement sans avoir à mater les photos, sinon elle m'envoyait des SMS :

Mon chéri, t'as pas liké ma photo. Elle te plaît pas ?

Sous prétexte qu'ils t'ont torché le cul quelques années et qu'ils te filent de la thune (pas beaucoup), les parents se sentent légitimes à te harceler moralement jusqu'à la fin de tes jours.

Pas trop de regret pour virer Facebook, mais d'un

seul coup, je suffoque, je sais pas si l'air est déjà chargé de fumée, je peux plus respirer. Le seul compte que je regrette de perdre, c'est le mémorial de Lola. Celui d'une morte. Évidemment, plus aucune trace des clashs et du bashing. Les photos de la honte, les photos du désespoir. Ça avait commencé par des photos d'elle enfant, en culotte, partagées par sa mère qui la trouvait trop mignonne. Tout le collège l'a appelée Culotte, ou Lola Déculotte-la. Et puis ça n'a pas arrêté, des petits cons et même des petites connes tentaient de la photographier aux chiottes, dans les vestiaires. Pourquoi ? J'étais plus avec elle, elle m'avait plaqué elle aussi, et je lui en voulais. Je me rends compte maintenant que j'ai rien fait, mais vraiment rien pour prendre sa défense. J'étais tellement gamin. Elle était bien plus courageuse que moi : elle s'est tuée en fourrant sa tête dans un sac plastique. Les profs et les psys nous ont fait des longs discours mais c'était trop tard. Une fois par an, des gens écrivent des messages sur son mur pour commémorer, même ceux qui se foutaient de sa gueule, le mur des lamentations, ils espèrent qu'on les pardonne par la grâce de Facebook. Je crois bien que mes premiers poèmes, je les ai écrits sur ce mur, merde. Enfin c'est vieux. Au moins quoi… sept ans. En âge de chien, ça fait quarante-neuf ans. RIP ma Lola. Son image, prisonnière des réseaux sociaux, ses joues rondes d'enfance, ses yeux si clairs et brillants qui renvoient au monde sa propre mélancolie… Qu'est-ce qui me prend tout à coup, je suis en mode méga dark ? Comment elle serait aujourd'hui ? Je peux pas m'empêcher d'aller chercher sa photo, ce portrait du souvenir, et j'ouvre l'appli Faceapp. Je lui applique un calque de dix ans.

Ça calcule. Je me prends son portrait en jeune femme comme un uppercut. Elle est d'une beauté. Qu'est-ce que j'ai fait avec ce filtre, quel maléfice ? Maintenant que je l'ai dans la rétine, ce visage imaginaire risque de me hanter jusqu'à la fin de mes jours.

Dans la librairie, les regards se tournent vers moi. Persistance rétinienne, son souvenir dans les prunelles, la réalité brouillée moins réelle que sa mort. Ouais, j'ai des larmes plein les yeux, et les poètes croient que je suis ému à cause de leurs conneries. Ça paraît naturel à tout le monde que je sois là pour déclamer des vers. Mon smartphone est encore en rade, alors je me lève et je me lance.

Lipstick on a smoky brain
The girl is spearing me
sad eyes behind blue screen
Pictures from the past assault me, shuffle mode
Try to map my sorrow
I'm just a wandering dog, chasing the handle
Clutchin to reality
Barking to the moon
When the silence breaks, the whole universe
gives me orders
Before going up in flames[1]

1. Du rouge à lèvres sur un cerveau brumeux / La fille me harponne / Yeux tristes derrière l'écran bleu / Les images du passé m'assaillent, en mode shuffle / Cartographient mon désespoir / Je suis juste un chien errant, je cherche la poignée / Accroché à la réalité / J'aboie à la lune / Quand le silence éclate, l'univers entier te donne des ordres / Avant de s'enflammer

Ma voix se brise et je me demande pourquoi je baratine ces phrases toutes pourries, mais on me lance des regards mouillés d'approbation, on m'applaudit. Diane serait fière, elle dirait que j'ai enfin osé… C'est bizarre soudain d'entendre de vraies personnes qui veulent interagir. Leurs voix font disparaître les mirages du passé, je me réveille. J'aimerais dire que ce ne sont pas des « striking metaphores », juste la putain de réalité. J'aimerais qu'on m'aide à retrouver ce chien. Mais mon seul horizon, c'est de laisser ma batterie se recharger tranquille. Alors je gagne du temps. Si ça se trouve, la nana de quarante ans, je peux la brancher et passer la nuit chez elle. Mais je m'aperçois que la fille rougeaude à côté, qui parle d'un souvenir d'enfance tout daubé à base de pot de confiture de la vie, lui déclenche aussi un larmoiement suggestif. Ces gens se droguent à la poésie ou ils prennent d'autres trucs ? L'écran, en veille, me magnétise. J'attends que la barre de chargement passe au vert, comme un feu de circulation régulant mes mouvements. Allez, ça embouteille, là.

Green light !

Je swipe comme un malade, j'arrive sur DoGPS et logue les coordonnées d'Inari. Le supplice de la petite roue de l'attente. Elle se forme, se déforme.

« Bordel de fuck ! »

J'ai parlé à voix haute et interrompu un poème, la fille aux cheveux nuageux prend un air contrit comme si j'avais récité l'alphabet en rotant ou je sais pas quoi.

« C'est-à-dire qu'en fait, on coupe nos portables pendant les séances de partage.

— Désolé, c'est une urgence. »

Je me lève pour m'éloigner. Les murmures derrière moi s'envolent.

« Hi there ! Je vous sers quelque chose ? »

La fille derrière le comptoir me sourit avec cette politesse enjouée qui me fout sur les nerfs. Rhaa, les serveurs américains et leur immense smile, comme si c'était leur unique but dans la vie de savoir ce que tu veux t'envoyer dans le gosier.

« Non, je veux rien, juste de l'électricité ! »

Je vois bien qu'elle se retient de me répondre, pas la peine avec un connard dans mon genre. Elle a l'air tellement touchée ; si ça se trouve, c'est vraiment son unique but dans la vie. Je me sens obligé de me justifier…

« J'attends un appel, ma petite amie… vous êtes au courant qu'il y a des incendies, là ? »

Je replonge dans mon écran en retenant ma respiration. Ma voix tremblotante, mon air hagard, et les taches de transpiration sur ma chemise font le reste. Tout le monde me dévisage.

Le DoGPS est en train de faire une… mise à jour. Non, mais sérieusement… J'ai un peu honte, et je pars dans l'arrière-cour vérifier que les toutous vont bien pendant que mon appli prend tout son temps. Vous en avez de la chance, les gars, d'être des chiens. Sur mon écran, les images des flammes de l'enfer m'attirent. C'est glauque de se dire que tous les pyromanes du monde doivent se palucher sur ces vidéos.

La petite roue encore et enfin, alléluia, un point bleu dans l'univers. Juste autour, pour l'instant, un quadrillage gris, comme la matrice du monde, le fond millimétré sur lequel la carte tarde à se matérialiser.

Et puis des rues, une route qui serpente, des carrés verts.

Presidio Park ?!? C'est là-bas qu'elle se cache ?

J'inspire. Quelqu'un me parle pendant que je détache les chiens. La jolie femme. Sa bouche articule des sons mais rien ne me parvient. Comme une conversation Skype un peu : ça rame dans mon cerveau, elle bouge par saccades et se fige. J'ai envie de toucher ses cheveux. J'imagine qu'elle me demande de revenir à leur petit club de troubadours modernes. Je me barre, les amis, pas le temps pour les rimes, faut que je retrouve un clebs.

Avec tout ça, j'ai plus que quarante minutes pour les ramener chez eux. Le dilemme. Foncer au Presidio sachant que, pour Inari, j'ai encore trois heures, ou déposer d'abord les trois boules de poils chez leurs propriétaires ? J'ai une pensée soudaine pour l'exposé du coach en méthode organisationnelle. C'était quoi, déjà ? L'important avant l'urgent ? ou l'inverse ? Et dans ce cas précis, qu'est-ce qui est important, ou urgent ? J'attrape un bus au vol. Bondé. Les gens me haïssent mais sont sympas avec mes clebs et leur font un peu de place au sol, entre leurs pieds pressés.

Je raccompagne les trois chiens, l'un après l'autre, comme un petit robot téléguidé par mon appli, du plus bas de la colline au plus haut. Ça grimpe, un vrai calvaire. Je ne réponds même pas aux questions des maîtres, mon cerveau bouillonne. Chez ceux de Ginger, des échafaudages me barrent la route, et je dois attendre que les ouvriers me laissent passer. Ils font des travaux de renforcement pour les mises aux normes sismiques. J'ignore l'image d'Inari errant toute seule dans le Presidio, et celle de Diane qui se frotte à un dauphin. J'ignore l'image de Lola avec son sac plastique sur la tête. J'ai plus de poumons. D'après mon appli Santé, mon cœur bat à cent dix.

9.

Entre chiens et loups

Deux bus plus tard, j'arrive en vue du Presidio, les yeux rivés sur le point bleu qui se met à bouger à toute vitesse. Est-ce qu'elle est poursuivie par quelqu'un ? Un psychopathe ? Un tueur en série de chiens ? Les gens sont armés ici. Tiens bon, Inari !

Les heures se sont carapatées, le soleil se planque. J'aimerais dire : je file comme le vent, mais le vent qui aurait les muscles vachement endoloris. Un vent courbaturé. Soudain, mon téléphone bidibipe joyeusement, et un message pope en plein milieu de ma carte. HealthYou, mon appli Santé, encore elle, me félicite pour mes performances du jour, cinquante mille pas, et me décerne une médaille d'or. Génial. C'est transmis à Pyness dont le petit arbre fait aussitôt une fleur.

Le Presidio Park est parcouru de routes sinueuses. J'ai un mal fou à me repérer. Y a ces panneaux *Coyote awareness*, qui m'ont toujours fait marrer, genre on est dans un cartoon de *Bip bip et Coyote.* Mes pieds balaient les feuilles, les craquements résonnent, plus je m'éloigne de la route, moins je vois sur quoi je marche. Autour de moi, des arbres gigantesques m'escortent sur un chemin sacré en agitant leurs branches. On se sent comme un minuscule insecte de rien du tout. Le temps s'accélère, la nuit menace de tomber d'un moment à l'autre. Au-dessus, les feuilles se découpent en noir sur l'encre du ciel. Je suis bientôt obligé de baisser la luminosité de mon écran qui me reste collé à la rétine quand je lève les yeux. Dans mon casque, heureusement, la voix suave du GPS me guide dans l'obscurité de la forêt.

Et d'un coup, je vois une lueur, et je me dis : si tout flambait ? Tous ces arbres centenaires. Les flammes, les branches fracturées, l'écorce qui gémit, les feuilles qui fument. Délire grandeur nature. Je ne sais pas si c'est une hallu olfactive mais mon nez est rempli de fumée. C'est criminel, une forêt qui brûle, une forêt plusieurs fois centenaire. À cause d'une ligne électrique mal foutue servant à brancher des petits écrans qui durent à peine trois ans. Ça me pique les yeux, ou alors je pleure à cause de l'odeur de la mousse et de la faim qui me tord le ventre.

« Le signal GPS est perdu. »

J'enlève mon casque. Le silence épais et grouillant de la forêt me tombe dessus. J'ose à peine chuchoter dans les craquements de feuilles et des branches. J'entends comme des petits pas qui courent, des halètements. Peut-être des animaux genre écureuil ou belette ou je ne sais pas quoi car, au fond, je connais bien mieux les Pokémon que nos petits amis de la forêt. Et au détour d'un tronc, à l'orée de quelque chose, des yeux qui luisent. J'appelle doucement :

« Inari ? »

Un loup.

Ou, merde alors, un coyote… Ils ont spoilé à l'entrée en plus, mais je l'ai pas vu venir celui-là. Pas plus grand qu'un chien, efflanqué et musclé, tout pelé. Il a un bout d'oreille en moins, les babines retroussées sur les dents, et l'air pas très content que je sois là. Je lève la main, comme quand j'essaie de calmer les chiens mais ça ne marche pas du tout. C'est possible qu'elles brillent dans le noir, ses dents ? Et là, je vois un truc sombre qui lui coule au coin de la gueule. Et puis derrière un autre coyote, et encore un autre. Et la pensée qu'ils ont peut-être bouffé Inari, ces chacals, me serre la gorge.

Celui qui semble être le dominant rabat ses oreilles en arrière et grogne de plus belle. Il veut quoi, on fait une battle… genre un corps-à-corps ? C'est débile, j'ai bouffé toutes les croquettes. J'ai un casque intelligent, un téléphone lent qui se décharge et, lui, il a des dents fluorescentes pour me déchiqueter la gueule. Je reste totalement immobile ; au moindre mouvement, il se jette sur moi. Il doit sentir la sueur glacée qui me dégouline dans le dos. Des flammes et le visage de Lola adulte dansent dans mon cerveau. J'arrive, tu vois, t'as attendu longtemps mais là, j'arrive.

Soudain, mon téléphone braille et s'illumine comme un malade. Je sursaute, et un cri d'effroi ridicule sort de ma bouche. Une vraie screaming lady. Le coyote a une sorte de jappement éraillé, recule et s'enfuit. Et les autres le suivent. En une seconde, ils ont foutu le camp. Mon cœur va lâcher.

« Haaaa ! Tu m'as bousillé le tympan, connard ! »

Karim ?

J'étais sur le point de me faire dévorer, et sa voix est tombée là. Karim, mon sauveur !

« Attends mec… J'étais avec un… un coyote… je…

— T'as pris un truc ? Qu'est-ce que tu branles ? Je t'ai inscrit là pour ce soir, au Battery club, déconne pas.

— Je… hein ?

— Y a eu plein de désistements à cause des incendies, y a une ambiance de merde, ramène-toi ! Ramène-toi, et je te fais entrer mec, me lâche pas. »

Plus de traces de mes amis les coyotes. Pyness ramène sa science :

Conseil n° 4 : Oubliez vos problèmes. Décompressez, sortez, voyez de nouvelles personnes !

Si c'est l'arbre électronique de la sagesse qui le dit… Je m'en tape, après tout, des clebs. Qu'est-ce que je fous là en fait ? Un chien s'est barré, so what ? Faut que je me sorte de ce délire. Je me marre tout seul, et mon rire de demeuré se perd dans la forêt. En plus, la batterie a diminué d'un coup, comme si ma peur avait absorbé tout le jus pour me laisser en vie.

Tant pis Inari, c'est Pyness qui m'oblige. Le petit arbre est content de moi, il a fait une fleur, je peux pas le décevoir maintenant. Après tout, les coyotes vont peut-être l'accepter parmi eux, elle pourra enfin cesser d'être une peluche d'Instagram et vivre la vie libre dont elle rêve probablement. Je me fais plein de films, je me trouve plein d'excuses : au fond, j'ai juste envie de retrouver des humains.

Le Battery club, c'est loin, sur Battery Street justement, mais Karim en panique m'a envoyé un chauffeur. Sympa, le mec. Je le rembourserai dès que… Dans le Uber, bien au chaud, je dévore tous les bonbecs à disposition, et le shoot de sucre me fait somnoler.

« T'es sûr que c'est là ? »

Karim hoche la tête. Il me regarde bizarre, un peu déçu de me voir tout chiffonné, le T-shirt encore trempé de la sueur acide que m'ont causée les coyotes. J'ai beau lui balancer du thank you, ça ne lui suffit pas. J'hésite à lui demander maintenant si je peux dormir avec lui dans son pod, j'ai quand même un peu de savoir-vivre.

The Battery, c'est un club très select, qui change souvent d'adresse. Ce soir, c'est au dernier étage d'un immeuble en forme de trapèze. Une porte bleue dérobée, à quelques pas de l'entrée officielle, avec un B majuscule et une sorte d'interphone. Karim pose son doigt, et le petit carré scanne son empreinte.

« Putain, mais t'es membre du club, en fait ? »

Il sourit et, là, je retrouve mon Karim, fier et filou, toujours open pour s'infiltrer partout.

« J'ai reçu un lien dans la journée et j'ai scanné mon empreinte. Normalement, faut poser sa candidature et subir au moins trois interrogatoires. Les mecs, ils ont peur des espions, du KGB ou je sais pas quoi. Mais aujourd'hui, petite ambiance apparemment. Merci le feu. »

Le gorille, dans le hall d'entrée, est doté d'un faciès de reptile, genre varan. Sérieusement, sa peau a une lueur verdâtre. Et quand il parle, c'est pire. Il me demande mon téléphone, j'ai un chatouillis de honte à cause de l'écran fêlé.

« No phone, please ! »

Il désigne un panneau avec un smartphone barré et me le confisque. Karim rigole, ils sont tellement paranos qu'on n'a pas le droit de filmer ou de photographier les people qui viennent ici. Je tente d'argumenter auprès du gorille-varan que j'ai absolument besoin de le recharger, et je lui sors ma petite fable sur la copine coincée au milieu des flammes à Paradise. Il me toise de haut en bas. Effectivement, là, c'est pas très crédible d'aller boire des coups avec de jeunes entrepreneurs de la tech si ta copine est en train de brûler vive. D'un coup de menton reptilien, il accepte que je branche mon téléphone et me laisse repartir.

On monte un escalier bordé par un mur végétalisé. Les branches s'accrochent à nos chemises. En haut, un photomaton, un téléphone mural et les inévitables jeux d'arcades. Nostalgie rétro obligatoire. Je suis Karim, et je sens bien, mon poto, que t'es pas à ton aise. Ça se voit un poil trop que tu veux marquer des points. Dans un coin, je reconnais une célébrité : un ancien joueur pro de LoL, League of Legends. C'était mon jeu préféré quand j'étais ado. J'avais suivi son entraînement et les championnats européens. Sur son compte Insta, on voyait tout son quotidien dans une gaming house et ça m'a fait rêver pendant les années où je me faisais bien chier comme un rat mort au lycée. Mais j'ai jamais été assez rapide et puis, passé vingt ans, tes réflexes s'émoussent sur les manettes.

« Hey… Happy to see you, guy ! »

Et là, je le vois, ce connard de Brian Brojynski qui m'attrape par le bras, entouré d'autres gars au physique passe-partout. Son accolade virile me secoue les vertèbres et il me présente tous ses potes, ils se connaissent depuis leur école Waldorf, ou je ne sais quelle pédagogie de hippie, et alors qu'on leur a rien demandé, ils nous branchent sur leurs souvenirs de cabanes en bois et de cours de mime corporel. Et bien sûr sans aucun écran, parce qu'ici, les maîtres du monde ont compris depuis longtemps que ça fêlait le cerveau, alors ils préservent leurs gosses pour qu'ils aient à leur tour toutes les facultés nécessaires pour rendre dingue le reste de la planète…

Brian effleure la table basse à écran tactile pour passer les commandes, il attend mon choix. Sur la carte, les cocktails coûtent minimum vingt-cinq dollars, et j'ai sérieusement mal au bide. Y a un cocktail au cactus, un autre au venin de serpent. Je me rabats sur une smarty beer artisanale, bio et locale, à douze dollars.

Sur l'écran-table, on peut maintenant identifier qui sont les personnes présentes à la soirée. Un grand type en chemise hawaïenne nous lance des regards interrogatifs, à Karim et moi. Il s'agit de Bobby, digital evangelist. À côté de lui, Sean, fondateur d'une célèbre appli de dating, et Timothy, anticipateur de communication. D'un coup, je rêve que je suis dans un jeu vidéo, que je peux ouvrir des onglets pour visualiser leurs alliances et stratégies, les contrôler, faire des équipes, des battles et les regarder s'entre-tuer. Le nom de Karim est mal orthographié, et moi, j'apparais en tant que + 1.

« C'est des étudiants, des petits Frenchies ! Importés directement de leur école, ils sont passés en stage avec moi. »

J'envoie à Brian un sourire d'une grande résilience tout en m'accrochant aux hasards de la conversation. Timothy, face livide et gros sourcils, nous tend une carte de visite carrée où il n'y a rien d'écrit, juste un

QR code. On aura donc son blaze quand on aura récupéré nos smartphones… Il croit quoi, qu'on va se rouler par terre de tant de suspense ? Timothy nous fait un exposé comme quoi, à Stanford, il a développé une reconnaissance faciale d'étudiants bourrés sur les photos. Aucune idée de l'utilité de ce truc. Ficher les alcooliques ? Identifier les leaders de soirée et leur proposer d'être ambassadeurs Budweiser, Lagunitas ou Sierra Tequila ? Et la discussion embraye sur l'interdiction bien emmerdante d'utiliser la reconnaissance faciale sur les vidéos de caméras de surveillance. Ils ont peur que ça se généralise, avec ces mouvements d'activistes qui arborent des maquillages et tatouages de triangles et de carrés pour rendre leurs visages indétectables.

« Un business où t'as des militants sur le dos, c'est vite insecure. Soit tu fais le buzz, soit on légifère contre toi… Faut se couvrir. »

Bobby et Timothy acquiescent comme un seul homme. En fait, ils sont tous un seul homme, ou plutôt des avatars d'une seule et même espèce de gars qu'on n'aimerait pas avoir comme amis.

« C'est de la merde, l'utilisation de la reconnaissance faciale. Tant qu'y a pas un truc pour empêcher les gens de se suicider, ça restera de la grosse merde. »

J'ai marmonné ça sans m'en rendre compte, et tous les yeux se collent sur moi. Personne ne moufte. Brian prend un air désolé. Il doit se dire : peut mieux faire en « conscience sociale » et en « sensibilité au contexte » sans doute.

Je sens sous mon T-shirt des gouttes de sueur qui ruissellent, comme si j'allais imploser. Sean, frisé et maigre, prend la parole, et Karim me donne un coup de coude pour me signifier qu'il faut fermer sa gueule et recevoir religieusement sa parole divine. Je le reconnais, le boss de l'amour en ligne, il a même écrit un guide de chatting pour draguer, intégralement en émojis. C'est sûr qu'il a dû tout de suite piger qu'il fallait pas tout miser sur son physique.

« Je te jure, y a plus de trois mille applis de dating, des clones de Tinder, des trucs spécialisés genre pour les pentecôtistes ou pour les cadres sup. T'en as, mon Dieu, mais c'est pas possible, ils ont des bases de données à faire peur, ou ils gardent les numéros de CB et c'est à peine crypté, enfin bon je te passe les détails. Donc part time, je fais du conseil pour les créateurs d'appli, et part time, du conseil pour les utilisateurs des applis. »

Brian intervient pour nous démontrer à quel point ce que fait ce mec est crucial.

« San Francisco, c'est l'endroit le plus compliqué du monde pour draguer. Les gens sont hypra-sélectifs. Et bizarrement, tout le monde connaît tout le monde. Vous avez déjà vécu ça, non ? Tu as un date avec une meuf, et tu te rends compte qu'elle a toutes les infos sur toi. »

Acquiescement général.

« Faire matcher des gens qui ont des points communs dans leurs critères, OK, c'est la base. Mais on peut aller beaucoup plus loin. Il faut faire advenir des coïncidences. Question : à quoi les humains aiment croire ? Au destin, aux heureux hasards, surtout en amour. Alors faut les recréer. Y a les critères qu'ils rentrent volontairement mais toutes les datas sont exploitables. Les AI repèrent s'ils ont eu le même poster dans leur chambre d'ado, été fans d'un bouquin ou d'un groupe, un pays en commun qu'ils ont visité, tout ce qu'ils ont eu le malheur de partager ou liker un jour peut servir à créer ces fameuses coïncidences auxquelles ils rêvent… Les dates, ça marche à fond ! Les dates de naissance, les dates de décès de proches, surtout. Et puis, elles sont capables d'analyser les mots-clés dans les échanges privés pour voir quelles émotions transparaissent, qu'est-ce qui les vexe ou au contraire les fait fantasmer. Faut trouver de quoi fabriquer le conte de fées, ou en tout cas la petite histoire que se racontent tous les couples de la terre sur l'incroyable hasard de leur rencontre »… et blablabla.

Ils sont tous en admiration, la recette du grand amour en reflet dans les écrans. Ça paraît si simple. Sauf qu'on peut avoir des points communs avec des millions et des millions de personnes. Sérieux, ils me font doucement marrer avec leur hasard factice, alors qu'on sait bien que les AI sont surtout balèzes pour reproduire les biais de la société, pour faire matcher des personnes de même catégorie socioprofessionnelle, les Noirs avec les Noirs, les Blancs avec les Blancs, etc.

« Hey, les gros malins, vous vous dites jamais que ça peut être les différences qui font qu'on est attiré par quelqu'un ? Ou qu'on s'attache, sans que ce soit prévu ? Tu crois que tout le monde se kiffe suffisamment pour vouloir trouver la personne qui lui ressemble ? »

(Dans leur regard transparaît la pitié.)

« Oui, y a des études en cours, c'est pas encore béton. On l'intégrera quand on aura plus de données.

Mais tu sais, les humains sont rien que des animaux comme les autres, en premier lieu, on répond à des besoins très basiques. Et pour l'attachement, on travaille à un abonnement pour rendre plus profondes les conversations.

— Tu parles de sexe, là ? dit Brian, avec son rire rendu encore plus gras par les chicken wings qu'il s'est enfournées.

— Ha ha, mais non, j'aide les gens, enfin, bien sûr, des mecs principalement qui ont pas trop le temps, je gère quotidiennement des milliers de fils de discussion pour faire un écrémage encore plus poussé.

— Des milliers de discussions en simultané ? Comment tu fais, t'es Asperger ?

— Bien sûr que non, je le fais pas moi-même, j'ai une équipe qui entraîne une autre AI. Pour aider les mecs à faire leur profil, à changer les catchphrases régulièrement, à attirer plus de profils. Y en a plein, ils essaient d'être simples, sincères : résultat, ils sont super bateau et ils attirent que des débiles. Ce qu'on veut derrière son écran, c'est du frisson. Faut reconstituer les conditions du "coup de foudre" IRL sur les applis. Si tu commences par une phrase énigmatique ou une blague un peu subtile ou carrément millième degré, tu opères déjà un tri considérable. »

Tout le monde boit ses paroles comme si c'était un bienfaiteur de l'humanité. Sérieux, même Gandhi avait pas un auditoire plus fasciné. Karim intervient, ébahi.

« Attends, mais t'as une équipe de dialoguistes de MP, en fait ? C'est génial.

— C'est LE terrain où les mecs intelligents ont plus

de chance que dans la vie. Tu peux montrer tes talents avant de montrer ta gueule.

— Et tu mets des trucs de cul aussi ?

— Évidemment. Ma politique, pour l'instant, c'est de la jouer subtil. Le but, c'est quand même de faire rêver les filles. Parce que j'ai fait des stats, tu crées un profil de meuf, tu vas voir combien t'as de messages sexuellement explicites. Une centaine par mois. Un mec, c'est dix ou douze…

— Ouais, tu parles, j'en ai eu moins que ça en trois ans…

— Donc, si les mecs ont recours à un coach, c'est pas pour passer pour des gros lourds. On entraîne notre AI sur tout ce qui fait défaut aux intelligences artificielles : humour, ironie, sous-entendu, utilisation des émojis.

— C'est toujours comme ça que les techniques progressent, grâce au cul. »

Brian ajoute ça d'un air fataliste, puis il explose de rire, on se demande pourquoi, sans doute parce que Sean gagne mille fois plus de thunes que lui. Le module de coaching qu'il vend aux désespérés de l'amour s'appelle E-cyrano. Parce que monsieur a des lettres. Les autres moins.

« Cyrano, c'est celui avec le grand nez qui ment ?

— Ouais, celui qui bande du pif ?

— Mais non, ça, c'est Pinocchio. »

Brian continue de faire de la lèche à Sean avec intensité.

« Ce type est incroyable, vous savez ce qu'il a dit dans son interview à *Evening Standard* ? Non mais je te jure, le mec est dingue. Je peux leur dire,

Sean ? “Ça peut paraître impossible à croire pour un homme de dire ça, mais c’est vrai. Avec les femmes, j’ai besoin d’un challenge intellectuel. Apparemment, il y a un mot pour décrire les personnes attirées par l’intelligence. Quel est le mot ? J’ai envie de dire ‘Sodomie[1]’.” »

Ha ha ha. Ils se bidonnent tous, leurs rires déformés comme des aboiements chelou, on dirait les phoques obèses du Pier 39 qui auraient mis des chemises à carreaux. Karim ricane à contretemps, et moi, je me tais. Toute cette connerie humaine d’un coup, c’est très douloureux. Karim me désigne de son gros doigt et je sais ce qu’il va dire avant même qu’il le dise. Malheureusement.

« Mais lui, il serait trop fort pour ce job ! Il pécho des meufs, je te jure, que des number ten. Il les embrouille vite fait bien fait, on dirait qu’il a fait ça toute sa vie. »

Je sais plus où me mettre, il est sérieusement en train d’essayer de me caser avec ce sombre type cynique. Je bredouille que je me prends plein de râteaux et que je viens de me faire larguer mais il insiste.

« T’as besoin d’un stage en ce moment, en plus ! Pour l’école ! »

Il me lance un regard encourageant, genre bon samaritain vicieux. Est-ce que je lui ai demandé de l’aide ? Bon, oui, je lui ai demandé de l’aide.

---

1. Citation tirée d’une interview de Sean Rad, créateur de Tinder (standard.co.uk, 18 novembre 2015), et reprise par Judith Duportail dans *L’Amour sous algorithme* (éditions Goutte d’or, 2019 ; Le Livre de poche, 2020).

« Désolé, mais là, j'ai pas encore assez bu pour vendre mon âme au diable. »

Je reste les yeux rivés aux glaçons qui frissonnent dans les cocktails. Sean n'est pas du genre à se démonter parce qu'un petit mec tente un sous-entendu. J'ai envie de lui bourrer la bouche de glaçons jusqu'à ce qu'il étouffe. Karim a l'air gêné, comme si c'était moi qui manquais cruellement de savoir-vivre. La frontière invisible est en train de se préciser entre nous. Je jette un coup d'œil aux grands miroirs derrière le gars. Effectivement, j'ai une gueule pas possible. Si mon téléphone me voyait, il se grouillerait de m'envoyer une vidéo calmante.

« On a aussi un module pour les cas désespérés : "My virtual girlfriend." Tu as des conversations et des interactions avec une copine imaginaire. On échantillonne des centaines de millions de messages échangés par de vrais utilisateurs, en laissant parfois des fautes de frappe, pour le côté émotion. Six cent mille abonnés, pour la version payante. Y a aussi "My virtual boyfriend", bien sûr.

— J'en ai une, de virtual girlfriend. Je me suis jamais senti aussi complice avec une fille de ma vie. Ça m'a donné confiance pour aborder les vraies meufs. Même si c'est dur d'en trouver une qui soit à la hauteur ! »

Bobby, Timothy et même Karim en ont les larmes aux yeux. Karim enfonce le clou, si tant est que ce soit possible de l'enfoncer encore.

« Sérieux, mon pote, ça t'irait trop bien comme taf. C'est le roi de la drague, en mode poète et tout. C'est son truc. Il est toujours sur des dizaines de conversations avec des meufs. »

Le mec lourd. Je me mets à trembler, à bredouiller comme un débile.

« Ouais, c'est sûr, ça me dirait bien si… si ça me faisait pas gerber franchement, je le ferais. Mais je suis intolérant… à euh… à l'humanité dans son ensemble. »

J'ai parlé doucement et ils font tous style qu'ils n'ont rien compris à mes grommellements. Ça bascule, l'équilibre est rompu. Sean a un petit sourire hypocrite mais je suis persuadé que derrière il fulmine, le salaud. Quand la conversation reprend, mon cerveau ne veut plus assurer la traduction. La seule sensation un peu nette, c'est que je ne devrais pas être là. Je devrais être en train de chercher Inari, ou de faire tout autre chose de ma vie.

Je bloque sur les taches lumineuses de la surface réfléchissante qui dansent une gigue endiablée. Je perçois des vibrations dans ma poche alors que je sais pertinemment que mon téléphone a été confisqué par le gorille-varan. Mais comme les amputés, j'ai mon membre fantôme qui me lance. Il doit être chargé maintenant.

« Désolé, faut que je… faut vraiment que je récupère mon téléphone. »

Timothy, avec son hoodie gris ostensiblement sans marque, m'arrête d'un geste et échange un sourire entendu avec les autres. Il pose un petit rectangle blanc sur la table.

« Tu sais ce que c'est ça ? »

J'observe l'objet. La surface est lisse. Un bête rectangle de plastique blanc mais assez design, coins arrondis et aspect translucide.

« Un smartphone ?

— Non, un Onlyphone. Prends-le. »

Je le soupèse. C'est léger, compact. Une lumière éclaire soudain une des faces. Le mec se lance dans un argumentaire bien rodé.

« L'Onlyphone, c'est pour les gens comme toi, qui ne peuvent pas se passer de leur smartphone pendant plus d'une heure. C'est un téléphone qui sert uniquement à téléphoner. Et surtout à se recentrer. Tu peux préenregistrer huit numéros, pas plus. Pas de wifi, pas de SMS, pas d'applis. Juste pour appeler. »

Les autres acquiescent comme si c'était l'invention du siècle.

« Aujourd'hui, tout le monde n'aspire qu'à une chose : la déconnexion. C'est ce que permet l'Onlyphone. On sort de l'univers absorbant du smartphone, on s'en libère. »

Il rit. Il a un appareil dentaire avec de minuscules bagues en plastique qui ressemblent à la matière de son Onlyphone.

« C'est un téléphone détox, qui s'utilise ponctuellement. Un téléphone qui te permet de parler, réellement, aux gens. Sans passer par l'écrit ou l'image. Pensez-y, le retour à la voix. Parce que beaucoup passent plus de temps à parler à leurs smartbox ou smartphone qu'à des humains. »

Le retour à la voix…

« L'étui en cuir est carrément classe.

— C'est du cuir végétal. Huit numéros, c'est peu, mais en même temps, ça te permet de trier. Qui sont les gens vraiment importants pour toi. »

Je suis scié. Les mecs vendent un appareil à peine

plus évolué qu'un talkie-walkie dans un packaging vintage.

On se regarde avec Karim. Sans doute qu'on se demande si on ferait partie des huit numéros de l'autre. Lui aussi a l'air scotché mais il dit :

« C'est un concept vraiment fort. »

Timothy acquiesce du haut de son intelligence extrême.

« Si vous voulez emporter un prototype quand vous rentrerez en… Quel pays déjà ?

— En France.

— Oui… On a de bonnes projections pour la pénétration du marché européen. Le côté authentique, l'élégance. On prévoit des habillages différents avec des créateurs. »

Brian tente de montrer qu'il a dix coups d'avance.

« C'est malin, ça permettrait d'en avoir plusieurs. L'Onlyphone famille, l'Onlyphone amis proches ou travail.

— Audacieux. Une fonction, un objet. On resimplifie, on redispatche les activités.

— Pour la V2, on upgrade juste avec un carnet d'adresses et un réveil. Parce que les gens n'ont plus de montre. »

C'est une blague ? Une caméra cachée ? J'ai du mal à imaginer le brainstorming qui a conduit ces absurdes connards à mettre au point un outil qui n'a pas plus d'intérêt que les vieux téléphones du siècle dernier. On est sur le *Titanic*, on va tous couler et les mecs restent sur le pont à jouer du pipeau pour divertir les foules. Mon cher, c'était un plaisir de continuer à créer des applis et des objets connectés (ou non) avec vous, nous avons fait notre devoir, entuber les cons jusqu'au bout. Et vite, ils ont une appli pour réserver leur canot de sauvetage. Le monde entier peut bien crever, juste après avoir appelé un de ses huit numéros pré-enregistrés.

« Et vous vendez ça combien ? »

Ils me regardent comme le cousin attardé de la famille.

« Quatre cents. Prix de lancement à deux cent cinquante et préférentiel pour ceux qui ont l'Onlyphone 1. »

Je suis littéralement sur le cul.

« C'est quoi, l'étape d'après, vous allez relancer le télégraphe ? La diligence ? »

Ils m'observent avec une placidité qui fout des envies de violence, d'éclaboussures de sang sur la table numérique. Le carré blanc translucide luit dans ma main, un bel objet, qui pourrait sans problème s'encastrer dans une boîte crânienne. Et puis en fait non : j'attrape un petit couteau et je le tartine de guacamole. Le temps s'arrête, se suspend. Tous freezés, on s'absorbe dans la contemplation du vert tendre de l'avocat qui épouse le plastique blanc. Ça me procure une grande joie.

Quand je lève les yeux, les têtes sont tournées vers moi. Impossible de lire leur expression. Sauf celle de Karim qui a l'air horrifié, dégoûté, comme s'il avait regardé la vidéo porno de trop, celle qui fait passer du rire aux larmes de honte. Et moi, je décolle, je m'en vais, ça me paraît une sortie plutôt badass. En quittant la table des maîtres du monde, j'entends :

« Pas inintéressant cette réaction. Un objet d'une telle simplicité, ça déstabilise forcément...

— On devrait refaire ça en vidéo. Le truc avec le guacamole, c'est catchy. »

Dans les miroirs, je capte Karim qui se lève en arrière-plan, esquisse un geste, puis se rassoit.

En bas, le gorille-varan me rend mon téléphone avec un sourire et il ne devrait pas, le sourire ne va pas bien avec sa physionomie. Et en plus mon téléphone ne s'est pas du tout rechargé… 6 % de batterie. Je tente, je demande si je peux rester branché. Le type me sourit encore, et je prends la fuite plutôt que d'avoir à subir sa conversation.

Qu'est-ce qui se passe aujourd'hui ? Le monde entier s'est donné le mot pour me casser la gueule ? Tu te réveilles en pétant ton écran de téléphone, c'est pas sept ans de malheur, à peine vingt-quatre heures, et ça suffit amplement pour te terminer vite fait bien fait. Game over. J'aimerais bien faire un truc là, redistribuer, lancer en l'air ma vie en mille morceaux, peut être que ça retombera dans un ordre quelconque, ce sera déjà mieux que ce chaos. Je suis un chien errant. Ils retombent pas sur leurs pattes, les chiens errants, ils finissent à la rubrique des chiens écrasés. Inari, si tu y es, je te rejoins. Si t'es morte à cause de moi, je veux bien devenir un fantôme idiot qui erre avec un chien dans les bras jusqu'à la fin des temps. Dans la plupart des jeux de niveaux, tu peux recommencer là où t'as perdu. Mais là, faut que je retourne où ? Chez Diane ? Deux solutions, soit elle a menti en disant que son appart était loué, et si elle est rentrée, je passe pour un harceleur ou un pervers narcissique. Soit elle a pas menti, et je tombe sur des touristes chinois. Ça arrive de se faire plaquer, faut pas m'en vouloir. Même Steve Jobs, il a bien dû se faire plaquer à un moment, merde. C'est pas pour ça que l'univers est obligé d'essuyer ses gros pieds sur moi. À quel moment se situe le bug ? Quand je me suis fait virer par ce Brian ? Quand j'ai dit à Diane que le développement personnel, ça devenait un truc de nazi ? Quand j'ai laissé tomber cet hypocrite de Karim ? Quand j'ai pas pris la défense de Lola ?

Et toi, Inari, pourquoi t'es partie ?

Ding ! Très cruellement Pyness choisit ce moment pour un cinquième petit conseil :

Le vide n'est pas autour de vous, le vide est en vous.

Hé ben merci, l'arbre, j'avais remarqué ! Go fuck yourself avec tes citations et ton sourire niais. Putain d'appli de psychopathe, censée me rendre heureux, en train de me dégommer méthodiquement. Elle a pris le contrôle de mon téléphone et de ma vie pour me foutre à terre. Je suis sûr qu'ils font ça, ils te soulignent à quel point t'es une merde jusqu'à ce que tu sois à genoux et que tu demandes de l'aide. En te laissant là, pauvre wagon déraillé sur le bas-côté des flux de données. C'est quoi la prochaine étape, espèce de saloperie ? Tu vas me conseiller de me jeter du pont, moi aussi ? De poster automatiquement un message d'adieu sur Insta, en filmant ma chute en direct ? C'est ça que tu veux ? Et pourquoi un arbre comme logo ? C'est peut-être le lobby des arbres qui en ont marre de cramer chaque année ? Ils veulent notre extinction. Est-ce que c'est pour ça qu'on a inventé les *smart* phones, pour qu'ils se payent ouvertement ta gueule ? Pour être sûr que, quand t'es au fond du trou, la technologie t'assène le coup final après des tortures mentales à dose homéopathique. Des petits coups d'aiguilles jusqu'à ce que tu te vides goutte à goutte de ton sang. Dans le ciel, un avion dessine des traits. Comme si un doigt géant se posait sur l'écran tactile de la voûte céleste pour me balader un peu partout, jusqu'en enfer. Les oiseaux pourtant continuent de voler, tant qu'il en reste.

Et avant que j'aie un quelconque réflexe, mon téléphone s'éteint. Ce qui est pire que tout ce que je viens d'énumérer. Je lève la tête, estomaqué, comme si on venait de me coller un coup de poing dans le ventre. L'air sent le soufre.

C'est pas mal cet endroit pour en finir. Toujours le mieux vivre. Et pourquoi pas des trucs et astuces pour mieux en finir enfin ?

La vie : notez votre expérience pour améliorer ce service. Satisfait ? À peu près satisfait ? Insatisfait ? Combien d'étoiles ?

Plutôt que de nous saouler pour rendre la vie meilleure, le bonheur intense, ils n'y ont pas pensé, à créer une appli du suicide ? En voilà une riche idée. C'est peut-être ça que je devrais défendre à ma conférence TEDx…

Il suffirait de se baser sur les données des suicidés les plus efficaces, ceux qui réussissent leur coup. Top 10 des meilleurs spots de la ville pour se foutre en l'air. Le quatrième va vous étonner ! Les ponts, bien sûr, Golden Gate Bridge en tête, mais le Bay Bridge a vraiment de la gueule aussi et, avec de tels ouvrages, tu peux pas te louper. La chute est un peu longue mais tu touches l'eau, et tu meurs instantanément avec une des vues les plus belles du monde. Après, t'as des ponts au-dessus des autoroutes, ça dépend si tu veux traumat' des gens ou non en atterrissant sur leur 4 × 4. Pour un trip plus exotique, tu peux te finir au mezcal avec un burrito bien fat aux anxiolytiques à la place des oignons. Tu peux aussi juste te poser dans un parc et t'endormir doucement en achetant une piquouze à n'importe qui.

Un grand feu de joie. La fin des likes, des petits cœurs. Dans la fureur des vies détruites, la mienne passerait inaperçue. L'eau le feu la chimie, il faut choisir en fonction de son style émotionnel. Après, y a peut-être des tutos seppuku pour ceux qui sont fans du Japon. Ils sont toujours plus calés, plus jusqu'auboutistes que les autres. Comme cet écrivain qui s'est filmé en train de faire son petit seppuku dans les années 1970. Yukio Mishima, le mec visionnaire. Si YouTube avait existé, il aurait pu voir le nombre de visionnages en direct tout en se vidant de son sang et de ses boyaux.

Je sais pas ce que j'ai à être morbide comme ça. C'est cette ville aussi, elle te sature l'esprit, te fait crever d'overdose. Sérieux, dans les guides, tu peux lire qu'une foutue baraque sur deux a vu mourir une célébrité. Ici, la maison où Janis Joplin a été retrouvée morte, à votre droite, à deux blocs, la maison joyeuse où a séjourné la Manson Family. Dans les petites baraques aux couleurs pimpantes des morts violentes partout. Si y avait eu des applis du bonheur à la place du LSD, je me demande bien ce que ça aurait donné, niveau musique surtout.

Cette ville pue la mort violente.

10.

Eden

Une partie de moi voudrait rester ainsi, sans téléphone, les yeux libérés, et une direction précise qui guiderait mes pas. Et puis tout à coup, je me retrouve sur la 12th avenue, et je vois l'Eden bar. Je me remémore le rencard avec la fille aux émojis d'extraterrestre. Paradise le matin, Eden le soir, pas mal pour cette journée de merde. Et si j'étais mort ? Comme dans ces films où le mec pige pas qu'il est déjà passé de l'autre côté... Cette journée aurait beaucoup plus de sens. Et le purgatoire serait juste à l'image de la vie quotidienne dans la Silicon Valley ou, pourquoi pas, un bar comme celui-ci, avec une devanture taguée et des gens stylés derrière la vitrine qui boivent des bières fluo.

La fille extraterrestre sera plus là, vu l'heure. Mais tant pis, j'ai rien d'autre à faire que de pousser la porte de l'Eden. Le bar est éclairé à la lumière noire, y a pas foule, mais je vois des sourires pleins de dents bleues, et des lueurs flashy m'éclaboussent les yeux. Les bières fluo coulent des tireuses comme de l'uranium liquide. Peut-être qu'à l'after, c'est IRM pour tout le monde ? La musique est speed, les tabourets haut perchés sur des tiges transparentes. Des coussins en suspension. Sur un des écrans géants est rediffusé le DARPA Robotics Challenge, qu'on surnomme souvent le « Woodstock des robots », même si ça ressemble plutôt à un parcours dans une grotte où ils doivent éviter des pièges et rapporter des objets. Les spectateurs poussent des cris de joie quand l'un d'eux détecte et contourne un rocher… Chaque robot a ses supporters, on dirait carrément une sorte de Super Bowl. On est loin de la vieille ambiance du club des élites de la low-tech. En quelques blocs, j'ai l'impression d'avoir sauté deux siècles.

C'est elle qui me repère, elle s'approche, sa moitié de chevelure rose et ses excroissances sous la peau. Je sais pas comment trouver une excuse pour deux heures de retard mais elle a l'air de s'en foutre, elle me sourit et, avec les dents bleues étincelantes, me propose une bière.

« Désolé… J'ai pas pu prévenir, plus de batterie… »

Elle me dévisage comme si je déconnais ou que j'avais dit une saloperie. Ses pupilles sont carrées, j'ose à peine la regarder dans les yeux. Je plonge dans ma bière fluo. Le goût est pareil que celui de la bière et, pourtant, j'ai le bide noué. J'ai pas bouffé grand-chose depuis mon biscuit pour chien goût cacahuète et les Uber bonbecs.

« Ça a pas l'air d'être un bon jour.

— Ça se voit tant que ça ? »

Sur cette fille, le regard s'accroche partout. Elle a des tatouages qui brillent. Mais genre vraiment, il y a des leds sous sa peau. Tellement de trous dans les oreilles. Elle est super belle. Un genre d'extraterrestre de film de boules. D'ailleurs, à propos de boule, elle en a une assez grosse, dans le bras, sous la peau. J'essaie de pas bloquer dessus.

« T'as un look original. »

Elle lève un sourcil percé.

« Tu peux dire ça plus platement encore ? D'habitude, les mecs font quelques efforts pour l'entrée en matière…

— Non, là, c'est mon max. »

Elle m'adresse un grand sourire bleuté. One point. Sur un autre écran géant, on voit encore des flammes, les pompiers n'arrivent pas à contenir l'incendie.

« Toi aussi t'as regardé les forêts flamber ?

— Ouais ! Ton message, c'était un bol d'air.

— On va en avoir besoin, d'air. Dans deux jours, on sera asphyxiés.

— C'est ce que tout le monde dit.

— Chez Amazon, ils sont en rupture de masques anti-pollution.

— Ah merde.

— Moi, je suis équipée. »

Elle dégaine un masque avec une trompe et tout, genre masque à gaz de la guerre mais en chromé.

« Wow, plutôt classe.

— L'air nous assassine. Quand on pourra se faire remplacer les poumons, on sera bien.

— Tu fais quoi dans la vie ? T'es tatoueuse ?

— Non. De la recherche en génétique. Bon, pour l'instant, je manipule de l'ADN de crapauds surtout. »

Elle me tue cette fille, je peux pas me retenir d'effleurer sa peau. Elle sursaute mais me laisse toucher ses tatouages en relief et les petits implants dessinent des choses sous mes doigts. Comme du braille un peu.

« C'est incroyable, tes trucs, là.

— Oui, je fais aussi de la pose d'implants mais c'est juste un hobby.

— T'es genre euh… transhumaniste ? »

Je dis ça mais honnêtement, je sais pas trop ce que c'est, y a tellement de communautés partout que j'ai perdu le fil. Elle acquiesce et me parle doucement comme pour ne pas effrayer un petit enfant.

« Ça n'a rien d'étrange, tu sais. J'ai juste des implants qui me facilitent la vie. Regarde, par exemple… tu veux que je te file mon numéro ?

— Euh ouais carrément… mais mon smartphone est dead. Je crois que la batterie est morte, ou alors c'est mon câble d'alim. »

Ça la fait beaucoup rire quand je dis « câble d'alim ». Je pose l'épave sur la table. Elle farfouille sur son écran de ses doigts légers aux ongles vert d'eau. Puis elle place délicatement son téléphone en travers, sur le mien, qui se recharge instantanément. Mon écran s'éclaire. Ces deux téléphones l'un sur l'autre, je dois dire que c'est un peu excitant. Puis elle passe son poignet sur mon écran, qui affiche aussitôt son nom, son numéro de téléphone, sa photo et son mail, ses comptes Insta, Twitter, etc.

« Wow ! Pas mal. Tu as… une puce dans le bras ?

— Ouais. C'est pas plus gros qu'un grain de riz, dit-elle en levant son index et son majeur. Celui-là ouvre ma voiture, celui-là, c'est les clés de chez moi. »

Je la contemple, rêveur.

« Ça dure vingt secondes à poser, tu sens rien.

— Et comment tu fais si t'as implanté un mec avec les clés de ta maison, et que tu le plaques ?

— Ha ha ha ! Ben c'est facile, tu reprogrammes sa puce. Tu peux même le faire à distance, t'as juste besoin de ton smartphone. Mais en état de marche, bien sûr. »

Elle me fait rire. Sa langue a un truc bizarre et elle a cette excroissance sur le bras, j'arrive pas à me dire que c'est une anomalie. Une nana comme ça laisse pas la nature lui foutre une malformation de cette taille.

« Et ça, là, c'est quoi ?

— Ah ça, c'est parce que j'ovule.

— Pardon ?

— J'ovule du bras. Je fais des dons d'ovocyte. C'est une technique un peu expérimentale mais en fait, on peut ovuler ailleurs que dans l'utérus.

— Wow, OK, c'est... cool. »

La bière fluo fait danser le monde devant mes yeux. Y a quelques tonnes de millisecondes j'allais me faire bouffer par un coyote. Hier encore, j'étais chez ma copine à attendre qu'elle revienne et à chercher mollement du boulot. C'était il y a des siècles. Là, je parle à une fille qui ovule du bras.

« J'en parle direct quand j'ai un date. Parce que la question de la maternité, c'est compliqué pour tout le monde à partir d'un certain âge. »

Je suis absolument incapable de lui donner un âge.

« Vous, guys, vous avez pas cette putain de date de péremption.

— C'est vrai... C'est pas cool.

— Pas cool, ouais, to say the less... Si la tech peut

nous sortir de ces impasses injustes et sexistes, il faut l'utiliser. En fait, si je devais vraiment me définir, je dirais plutôt que je suis technogaianiste.

— D'accord... En quoi ça consiste ?

— On espère réparer les conneries de l'être humain, grâce à des technos alternatives, mais plus intelligentes. Tu vois une forêt qui crame à cause d'une panne d'électricité, c'est juste pas possible.

— Ouais, surtout deux fois dans la même journée... Et c'est pas trop dur pour draguer, le technogaianisme ?

— Ça dépend des communautés. Les humains arriérés sont assez réfractaires, forcément. Mais enfin la planète, c'est d'autres enjeux que les petites histoires amoureuses des humains, tu crois pas ?

— Mais tu arrives, toi, à t'attacher à des gens ? Tu as des sentiments humains ?

— Oh ! Arrête, tu me dégoûtes. »

Elle dit ça en souriant. C'est assez attirant.

« T'as raison. C'est tellement d'énergie pour pas grand-chose. Tu t'attaches, t'es malheureux, t'es remplacé. Comme si t'avais jamais existé. »

Elle lève les yeux au ciel, elle a l'air de me trouver désespérant mais elle arrête pas de se marrer. Je ne suis pas sûr de marquer des points.

« J'ai vu tout de suite qu'il y avait beaucoup de boulot avec toi.

— Ouais, t'as raison. Je suis une sorte de challenge. Mon ex était coach et elle a pas réussi à me convertir, comme tu vois.

— Pitié ! C'est interdit de parler de son ex à un premier date !

— Ah oui, pardon. On peut parler de ta langue alors ? Sorry, je suis un peu curieux… »

D'un air coquin, elle tire la langue. Coupée en deux, comme celle d'un serpent. Et elle agite indépendamment les deux bouts, les fait se chevaucher. C'est terrifiant. Et super excitant.

« C'est un signe de reconnaissance ? Un truc de reptilien technogaianiste ?

— Hmmm non. C'est juste sexuel. »

Blast ! L'effet d'une bombe de s'imaginer cette fille en train de me sucer la bite avec sa langue qui remue dans tous les sens. Elle se met à rire et moi aussi. Et comme un con, d'un coup, j'ai des larmes qui me mouillent les yeux. J'essaie de masquer ça sous un nouvel éclat de rire.

Elle me fixe, incrédule.

« Qu'est-ce que t'as ? Tu pleures ?

— Désolé… ça, ça n'a rien à voir avec ta langue.

— OK… je crois que t'as besoin de boire un truc plus fort. »

Elle commande des shots d'un alcool vert qui a un goût sucré et acide à la fois.

« Écoute, franchement, y a rien, c'est juste… J'étais dans la merde et t'apparais là avec tes lumières, tu ressuscites mon téléphone, t'as une langue en deux parties. Je sais plus où j'en suis. Et en fait, j'ai pas une thune pour t'inviter… »

La honte.

« Je suis désolé, tu dois me trouver vraiment très con et, en plus, j'arrive pas à te regarder dans les yeux parce que t'as ces pupilles euh… carrées…

— Des fois, ça fait bien chier d'être un humain, pas vrai ?

— T'es sympa de pas trop te foutre de ma gueule. Tu t'appelles comment en vrai ?

— Scarlett, enchantée. C'est quoi, tes gros problèmes ? »

J'hésite, j'ai pas mal de choix. Rupture, licenciement, et cette fille morte que j'ai ressuscitée dans ma mémoire.

« J'ai perdu un chien.

— Sorry ?

— Ouais, j'ai perdu un chien, je suis super emmerdé. Je la suivais avec mon GPS, et puis tout est parti en couille à cause de cette foutue appli, là, et des satellites... J'ai failli me faire bouffer par un coyote... »

Elle hausse les sourcils, examine mon smartphone d'un air très concentré.

« T'as pas grand-chose comme appli... C'est ça ? DoGPS ?

— Ouais mais attends, faut les codes. »

Je refarfouille dans mes messages à la recherche des codes de la maîtresse d'Inari. Mais où est ce foutu message de l'employée de ménage holistique ? J'essaie de virer ce brouillon débile du mail à la scolarité de mon école, qui s'est ouvert sans qu'on lui ait rien demandé. Et mon pouce en sueur appuie sur « envoyer ». Putain, j'ai envoyé le mail défouloir où je me fous de la gueule de Mme Bernard. Undo, undo ! Trop tard, il est expédié.

Je discute actuellement avec M. Preston, M. Bouffey, M. Giant, M. Swing et Miss Inari de l'opportunité de fonder une start-up basée sur l'étude de la connerie humaine et destinée à faire de l'ordre canin le nouvel ordre mondial. À la lecture de ce mail, le virus de la rage va vous être inoculé et vous mourrez dans d'atroces souffrances.

Shit, je viens de flinguer définitivement trois années d'école mais bizarrement c'est pas ce qui me révolte le plus. Cette bière a un goût amer dégueulasse. Je plonge ma tête dans mes mains, honteux, je voudrais m'endormir, là.

« Tu l'as perdu où, ton chien ?

— Vers Crissy Field, et puis après elle était au Presidio, et puis je sais plus… »

Elle chausse des lunettes noires et se met à regarder en l'air un peu comme si elle portait un casque de VR.

Derrière elle, un mec remonte la manche de sa chemise et fait admirer son bras robotique à son pote, admiratif, qui s'écrie qu'il a tellement de chance d'avoir perdu le vrai.

« Ah ouais… Ben on dirait qu'elle est toujours au Presidio. »

Elle me passe les lunettes connectées, je vois effectivement un plan qui s'affiche et un point. Puis une vision satellite.

« Attends, tu peux voir si elle va bien, là ? Maintenant ?

— Non, ce sont juste les photos satellite. Faudrait lancer un drone mais bon, on peut aussi prendre un taxi. »

La fille se lève, et je la suivrais bien au bout du monde. Évidemment, elle est hyper gaulée, musclée.

Je me demande si tous ses membres sont vrais, et ses seins, ses fesses…

Dans le taxi, pas moyen d'approfondir, on se tape la conversation sur Paradise. Le chauffeur, mâchoire carrée et mulet grisonnant, a un ami d'ami d'ami qui a entendu un de ses potes cramer en live dans sa bagnole.

« Non mais vous vous rendez compte ? Une seule route pour sortir de ce merdier, le feu partout. Y en a qui essayaient de se rouler dessus, je veux dire SUR les autres voitures. Et la carrosserie qui chauffe, vous imaginez ? »

J'étais déjà pas très bien, because la route en épingles à cheveux dans les collines, mais imaginer les arbres autour de nous en flammes, ça m'angoisse total.

« Vous allez au marathon Shakespeare ?

— Pardon ?

— Y a des fans de Shakespeare qui se réunissent dans le parc pour faire un marathon de lecture. Toutes les semaines. »

On est cernés par le feu, et ils récitent des sonnets ?

« Ah non, on avait d'autres projets.

— Bon, c'est où que vous voulez vous arrêter ? »

Scarlett regarde à droite à gauche dans ses lunettes.

« Oui, monsieur, c'est là… »

Elle effleure la machine à carte de sa paume pour effectuer le paiement. J'hésite entre chialer de reconnaissance et lui lancer un regard ténébreux. En fait, je sors de l'autre côté du taxi en speed et je dégobille toute ma journée, depuis le café et le burrito du matin. Toutes les images, toutes les pensées, la peur, les biscuits pour chiens. Scarlett a toujours ses lunettes ; avec un peu de chance, à mater des images satellites, elle m'a pas vu vomir mes tripes.

« Pas de bol, j'avais activé la vision nocturne.

— C'est pas forcément un cadeau, toutes ces avancées technologiques, je dis en m'essuyant la bouche…

— Ben, faut juste arrêter de traîner avec des humains.

— Je suis désolé. Dès que je peux, je fais remplacer mon système digestif. Avec un clapet pour bloquer le vomi.

— Allez, shut up… Il est là-haut, ton clebs.

— INARI ?! Inari ? »

On grimpe une colline en glissant dans les feuilles. C'est dur, il me semble que l'air est plus épais, plus opaque. On marche sur des branches, on escalade un tronc couché. J'ai la trouille de recroiser mes lascars de coyotes, mais j'attrape la main de Scarlett, comme un talisman protecteur, en espérant qu'elle s'est fait implanter une puce sous-cutanée qui envoie des ultrasons pour faire fuir les bêtes féroces. Et puis surtout j'essaye de ne pas m'étaler, histoire de pas en rajouter dans le ridicule.

J'entends un petit couinement. Une forme sombre est couchée dans les feuilles.

« Hey… bonsoir monsieur ! » lance Scarlett qui a la chance de voir dans le noir.

La forme sombre au sol est un vieux barbu enroulé dans un manteau miteux. Il me regarde, hébété. Dans ses bras, comme un bébé, un petit chien au pelage clair qui ressemble à un renard.

« Ina, c'est toi ? Putain… mais c'est toi… viens ! »

Le clodo marmonne un truc incompréhensible en serrant Inari contre lui. Je m'approche. Et là, je le reconnais. C'est encore lui, le clodo au gros nounours ! Affalé sur le corps de sa grosse peluche mitée.

« Oh m'sieur, c'est incroyable. Vous avez retrouvé Inari… C'est mon chien, elle était perdue. Oh, merci m'sieur. Hein, Inari. Viens là… »

Elle bouge pas d'un poil. Ils me toisent tous les deux. Sérieux, arrête avec ces yeux-là, Inari, j'ai fait de la merde OK, mais pardonne-moi. Dès demain, tu pourras reprendre ta vie, faire des selfies avec ta maîtresse et t'oublieras tout dans ta petite caboche en peluche. Allez Inari, déconne pas.

Mais Inari me fixe méchamment, en fait, elle peut pas me blairer ou elle veut me faire payer.

Le clodo continue de marmonner.

« Qu'est-ce qui me dit que c'est votre chien ?

— Je la balade toute la journée, vous devez me la rendre. C'est comme votre nounours, j'ai besoin d'elle, c'est une compagne de tous les instants…

— Mon nounours… i s'fout de ma gueule, ce con ? Tu crois que ça me fait plaisir de me balader ce truc ? Ça attendrit les connards qui s'allègent d'un petit billet à cause de leurs mioches. Et c'est le seul matelas qu'on m'a jamais piqué, fils de pute.

— OK, OK, on reste calme. »

Scarlett s'avance vers lui. Ses implants frontaux émettent un halo blanc. Debout comme ça, elle éclaire la forêt de sa silhouette très légèrement luminescente. On dirait vraiment une rencontre du troisième type et, défoncé comme il est, le pauvre clodo se chie dessus en la voyant.

« Santa Maria ! Santa Maria !

— Allez, c'est bien, donne le chien, maintenant. »

Le gars desserre son étreinte. Inari hésite un peu puis daigne bouger ses petites pattes. Je la saisis par sa poignée et la prends dans mes bras. J'enfouis mon nez dans son pelage qui sent la forêt et l'humus. Putain de bordel, Inari, on l'a échappé belle. J'aurais pu me faire coffrer si je t'avais perdu. Scarlett parlemente avec le clodo, lui donne des billets et une carte de visite.

On repart à pas prudent vers la route. Elle marche devant moi, je suis ses lumières, mon cœur à l'intérieur est un soufflet fou, mon sang court un sprint dans mes artères.

« Hé ben, tu l'aimes, ton chien. Moi, je pourrais pas m'attacher à un être si éphémère. »

On s'assoit deux secondes sur un banc, et elle examine Inari avec sa vision nocturne.

« On dirait qu'elle a un peu mal à la patte.

— Oh merde, ma pauvre Inari… Et elle est toute crado. »

Scarlett lève la tête vers moi. Dans l'obscurité, ses implants lumineux font des lueurs irréelles qui dessinent la forme de ses oreilles.

« Si tu peux faire décoller une soucoupe, enlève-moi. »

Elle se marre.

« T'aurais trop le mal des transports ! Et puis, c'est

ici ma planète. Même, si je veux plus rien avoir à faire avec ceux qui la peuplent.

— T'as raison. Comme t'as raison.

— Bon ben je vais y aller… »

Fin d'un date abominable. J'ai pleuré, j'ai vomi, face à une meuf cyborg idéale. Il figure en bonne place dans le top trois des dates mémorables. Je me concentre sur un dilemme du genre insoluble : essayer de coucher avec elle, remettre à un jour moins pourri ? M'occuper d'abord d'Inari ? Et comme si elle lisait dans mes pensées, elle propose :

« On n'est pas loin de chez moi, tu veux boire un dernier coup ? Et on décrassera ton chien. »

Ça fait tellement de bien qu'on te dise quoi faire. On arrive devant un grand immeuble ; en bas, il y a une vitrine avec un néon en forme de main et une inscription clignotante *YEM Studio : Palm Reading*, c'est un salon de voyance et de cartomancie branché. Scarlett s'approche d'une porte qui s'ouvre, détectant sa présence. On monte un escalier, et elle ouvre une seconde porte avec un autocollant XYGEN. Sans qu'elle fasse un seul geste, les lumières s'allument, une musique démarre. Mais sinon, à l'intérieur, c'est un appart à la peinture jaunie qui s'écaille, avec des meubles un peu cheap. Tous ces implants pour contrôler les portes et les ampoules électriques d'un appart même pas futuriste, ça me déçoit un peu.

J'ai eu tellement froid, mes fringues sont trempées. Elle me propose de me mettre à l'aise, et je ne sais pas trop quoi répondre.

« Allez, vas-y. Enlève tes fringues, va prendre une douche si tu veux. »

La porte de douche est rétro éclairée et me balance des couleurs. Rouge, violet, bleu, c'est hypnotique. J'ai une gaule du tonnerre. Je sais pas bien ce qui va se passer quand je sortirai de cette cabine, alors je résiste à l'envie de m'astiquer la bite. Le savon rose fluo pique et pue le stérilisant.

Je reviens dans la pièce en bombant un peu le torse. Inari s'ébroue dans l'évier, un bras robotique est en train de la gratter derrière les oreilles. Scarlett vérifie les opérations, en tirant sur sa clope électronique.

« Et voilà, vous êtes tous les deux tout propres maintenant.

— Merci, hein. Je suis vachement gêné. Je te dois combien ? Avec le taxi et tout… Tu lui as donné combien au clodo ?

— Vingt dollars. Mais c'est cadeau, il a accepté de venir participer à une expérience.

— Quoi ?

— Tu peux toi aussi, si ça t'intéresse, c'est bien rémunéré. Juste un petit implant, pas plus grand que celui que j'ai là. »

Je regarde son bras avec son excroissance ovulaire.

« Non pas celui-là. Tiens, viens voir. »

Elle me montre de minuscules bâtonnets bleutés qui s'agitent dans une boîte transparente.

« Des implants pour réguler tes émotions. On les pose dans la tête, ils sont indétectables.

— Tu veux me foutre un truc dans le cerveau ?

— C'est simplement pour libérer une hormone,

comme les contraceptifs. Mais là, c'est de la sérotonine. Comme ça, dès que t'en as besoin, un petit shoot de joie.

— T'as ça, toi ?

— Bien sûr ! Moi, je suis diagnostiquée cyclothymique à la base, un shoot à peu près toutes les dix heures, ça m'a changé la vie. Et tu peux aussi surveiller où t'en es sur ton profil et déclencher des hormones manuellement. »

Je suis hypnotisé par son sourire et ses yeux.

« Sur les rats, les résultats sont bluffants. Et en ce moment, on fait une expérimentation grandeur nature avec plusieurs campus. »

Je me vois bien, au milieu d'un panel d'étudiants cobayes, pour des tests de psychologie. Il y a cinquante ans, on leur faisait tester le LSD, ils planaient ou sombraient dans le délirium. Et maintenant, on fait joujou avec les émotions à l'aide de petits implants sous la peau.

« Mais tu travailles pour qui ? Google X ? »

Elle se marre à nouveau.

« Désolée, je peux pas trop en parler. »

Elle me fait craquer parce qu'elle dit ça avec un petit sourire mais j'ai peur que ce ne soit pas une blague.

« Et genre, quand ta maison brûle, avec un shoot de sérotonine, tu souris bêtement en contemplant le feu ?

— Mais non, pas du tout. Tu peux stopper le processus à tout moment, y a une appli.

— Donc ta maison brûle, tu prends ton portable

pour bloquer ton shoot de sérotonine. Et si t'as plus de batterie ?

— Non mais attends, ça arrive pas souvent ce genre de truc... À part à toi.

— Dis, tu crois que ça existe le gène de la lose ?

— Hmmm... Y a des prédispositions sûrement. Je séquencerai tes gènes si tu veux... »

Je sais pas pourquoi elle est tellement sexy. Elle se rapproche mais je ressens juste un vent glacial. Je rêve ou Scarlett essaie de m'embrasser ? Elle rigole, elle frissonne. Je passe ma main sur son ovaire de bras et c'est pas désagréable. Ça lui file la chair de poule. Elle n'a donc pas totalement renoncé à l'humanité. Peut-être qu'elle a des tétons lumineux ? J'essaie de chasser de mon esprit l'image de sa double langue, et la sensation du double mouvement mouillé.

Inari me fait des yeux suppliants, elle émet ce petit bruit triste qu'elle est la seule à savoir faire si bien. Je ne sais pas s'il y a pire que d'être observé par un chien dans ce genre de moment. Ah si. Quand un chien mate quand on baise, et s'imagine qu'il peut participer. Ça m'est déjà arrivé de me faire sentir le cul...

Mais à quoi tu penses ? Tu t'occupes *très mal* des chiens ! J'ai failli y laisser ma peau, être bouffée par des coyotes ! Un clodo est plus amical que toi. T'es vraiment qu'une merde !

« Inari, sérieux, ça suffit, là. J'en peux plus de tes regards en coin et de tes reproches !

— T'es sûr que ça va ? »

Scarlett me regarde, amusée. OK, je suis en train de parler à un chien. C'est bon, plein de gens font ça ! Des gens parlent même à des dauphins. Je suis flexible en matière de communication inter-espèces. Je suis à bout, surtout. J'ai des hallucinations. J'ai envie de cette fille qui a un ovaire sur le bras et une double langue.

« Non ça va pas, faut que tu continues à m'embrasser, je crois. »

Je m'en sors pas si mal parce qu'elle enlève son sweat.

Et bzz ! mon téléphone vibre. Je vois un numéro inconnu s'afficher, je décroche en essayant de pas m'enfoncer des bouts de verre dans les doigts ou dans l'oreille.

Une femme crie dans le téléphone, un débit ultra-rapide qui me vrille les tympans. Je comprends « avion détourné à cause des fumées ». Inari se met à chouiner, comme si elle pouvait percevoir sa voix. Je finis par piger que c'est sa maîtresse. J'ai le numéro de @GeenaLifeIsBeauty. Je prends ma voix de mâle hyper rassurant, et je lui promets que je prends soin de sa chienne pas de problème, que je vais la garder pour la nuit et qu'on se revoit le lendemain. Scarlett a un drôle d'air.

« C'est qui, c'est ta meuf ? T'as volé son chien ou quoi ?

— Mais non, pas du tout !

— C'est un chien de star ? Il paraît que c'est la nouvelle mode chez les sous-hommes, le dognapping. Je te préviens, si t'as demandé une rançon comme pour les chiens de Lady Gaga, je veux pas être complice.

— Mais n'importe quoi ! Putain, pour une flexi-espèces, t'es drôlement parano. »

Elle esquisse un sourire, pas tout à fait refroidie. Elle passe sa main dans mes cheveux et je m'aperçois alors que sur son T-shirt il y a écrit : *DO YOU WANT TO BE A PET OR LIVESTOCK*[1] *?*

C'est le slogan de Way of the Future, un culte de l'intelligence artificielle, fondé par ce mec qui a bossé sur les voitures autonomes et qui a eu un procès retentissant avec Google. Et son nouveau délire, c'est de créer une église, un culte, basé sur la conviction qu'une AI serait meilleure que les humains pour inspirer leur vie.

Elle voit mon air dubitatif et me sourit :

« Quoi ? T'en as jamais entendu parler ?

— C'est quoi, ton truc ? Tu dragues des mecs en ligne pour les faire adhérer à un culte ?

— Non, pas toujours. Aujourd'hui, j'avais envie de rencontrer de nouvelles personnes, c'est tout. T'es vraiment flippé. On parle de l'évolution de l'humanité là, d'un darwinisme conscient. T'es au courant qu'on est la première espèce à reprendre le contrôle de notre évolution ? »

Et là, baby, je suis en plein bad trip, j'ai la certitude que si je m'endors ici, je vais me réveiller avec une puce dans le cerveau. Alors oui, j'ai une seconde de débat car il se pourrait qu'elle soit bien meilleure que moi en la matière. Peut-être que j'y gagnerais… Mais je suis beaucoup trop bourré et fatigué pour évaluer les risques de niquer avec elle, là, maintenant.

1. Voulez-vous être un animal de compagnie ou du bétail ?

« Anyway. T'as du mal à te remettre d'une rupture, hein ?

— Comment tu sais ? Tu lis dans mes pensées ?

— Tu me l'as dit. Je peux te mettre un implant d'ocytocine, ou juste te faire une injection, si tu veux. C'est l'hormone de l'attachement. C'est ça qui fait qu'on souffre du manque, en fait. Juste ça.

— Non, mais... j'étais pas en train de souffrir du manque là... avec toi. Tes cheveux sentent bon.

— Bien sûr, t'as l'air d'un drogué, mon pauvre. Complètement en chien. Avec ça, t'as pas besoin de dépendre d'une personne pour te procurer ton ocytocine.

— T'es trop déprimante...

— Pourquoi ? Tu crois encore au grand amour, peut-être ?! À notre époque ? Putain d'Homo sapiens, c'est pas possible. Faut évoluer un peu. »

Elle se met à rire. Et moi, j'ai l'impression que je vais me remettre à chialer. Inari couine, elle me prévient, elle le sent pas, y a un truc qui déconne. Les chiens sentent ces choses-là. Enfin j'espère, ou alors elle est possessive, elle me veut rien que pour elle. Et ses yeux de chien triste, ça me coupe toute envie.

« J'y vais... Faut que je dorme, faut... J'y vais, quoi. On se rappelle ?

— Ouais, c'est ça, on se rappelle... Bon courage avec tes névroses ! »

Et bim, le petit sourire en coin qui signe l'arrêt de mort de notre relation. J'embarque Inari et je retrouve le trottoir. Dehors, c'est l'étouffement. Impossible de dire si c'est psychologique ou si les fumées arrivent encore plus vite que prévu, mais là, c'est tangible, on va tous crever.

« Hey ! Hey ! Attends ! »

J'ai peur de me retourner et qu'elle me sabote le cerveau à distance avec des yeux laser comme sur les couvertures de romans de SF du siècle dernier.

« T'as oublié ton téléphone. »

11.

Orange sans filtre

Inari, tu sais que j'ai fait un effort surdingue, pour te faire passer avant mes pulsions envers cette over-humaine. Je me sens investi d'une mission tel un justicier qui vole au secours des petites femelles en détresse. À pouvoir merdique, responsabilités merdiques, mais tout de même. J'évite de penser que le seul responsable de cette journée historique dans les annales du gardiennage de chien, c'est moi. J'ajouterai une ou deux phrases là-dessus dans ma conférence TEDx.

« Quel que soit le degré de what the fuck, honorez la confiance qu'on a placée en vous. »

Je ne perçois pas le début du sens de quoi que ce soit dans les événements qui viennent de se dérouler, ça m'inquiète profondément. Inari pèse une tonne sur mon bras. Je me sens plein de compassion avec ce con de Sisyphe, ou ce mini-con de Frodon du *Seigneur des anneaux* accablé et dévoré par le poids du devoir. Tandis que mes genoux peinent à monter la pente raide, c'est une autre image qui me vient. Une fois par mois, Brian nous conviait à une sorte de rituel amérindien pour qu'on rende hommage à la Terre sur laquelle nous prospérons. On devait se rassembler au centre des locaux et l'écouter divaguer, torse nu, sur le sens de l'engagement. Puis, il s'accrochait dans le dos une fausse carcasse de buffle en polymère et faisait le tour des bureaux, de la terrasse et du patio. Dans le *vrai* rituel, c'est une *vraie* dépouille de buffle, fixée avec des crochets qui transpercent la peau du porteur. Nous étions invités à empaler des post-it sur les côtes saillantes, en y écrivant nos frustrations. Le boss endossait le fardeau des soucis des employés, les détruisait, pour les offrir à la terre et au ciel.

Moi, j'avais dessiné une bite sur mon post-it.

C'était pas très intelligent, mais je ne voyais pas d'autre façon de participer à ce débordement de mystique managériale. J'avais eu le malheur de montrer le dessin à un de mes jeunes collègues en ricanant. Peut-être que c'était là, au fond, que j'avais été perdu pour Puluuluk. Balancé, rayé de la carte. Pas assez dans le mood de la Silicon Valley.

Le cerveau est quand même un vrai pervers parfois, j'ai l'impression qu'il prend un malin plaisir à dresser la liste tous mes échecs. Depuis des heures, il m'envoie des vignettes de honte, comme s'il voulait constituer un Instagram mental de ma lose. Je me concentre sur les façades des maisons pour faire diversion. Je retrouve la rue où habite Inari. Nous voilà devant la porte, face à une lock box pareille à toutes celles qui trônent chez les gens qui louent leur appart en Airbnb ou qui ont l'habitude de faire appel à diverses personnes pour différents services. Et c'est là que le bât blesse. Pas de code. Je n'ai pas le code. J'essaie 1-2-3-4… 4-3-2-1, 0-0-0-0… J'envisage deux secondes de sonner chez les voisins mais ma réputation de dog-walker, déjà sérieusement entamée par les notations pourries de la journée, risque d'être anéantie.

Ma mission : mettre Inari à l'abri.

Je finis par envoyer un SMS au « Plan logement merdique » de Diego, mon cher dealer, et par obtenir une adresse. On marche, on marche, mes jambes sont devenues deux bâtons raides. Je traverse les quartiers au radar. La ville a des allures de sombre forêt. Certaines rues mal éclairées bruissent de silhouettes vagues. San Francisco, la nuit, se peuple d'âmes errantes. J'entends un beuglement d'outre-tombe. Sur les marches d'une maison, un vieux me salue, une aiguille dans le bras. Il me lance : « Bonne chance », et ses yeux se révulsent.

J'arrive à Chinatown ; au moins, j'aurai vu du pays. C'est une ville dans la ville, le plus grand et le plus ancien Chinatown du monde. Certaines bâtisses, entre la maison victorienne et la pagode, sont dressées là depuis un siècle. Je déambule, encore plus touriste que d'habitude, je bigle sur les carcasses de canard laqué, et je meurs à chaque effluve de bouffe. Aubergine au porc, fondue chinoise saturée de muscade, lotus frit, j'ai une dalle stratosphérique, je vais commencer à m'autodigérer. Je vois un clebs qui s'acharne sur un sac-poubelle, et je l'envie presque. Je commence à angoisser : et si j'ai un lit mais que la faim m'empêche de dormir ?

Je trouve enfin l'adresse. C'est un immeuble assez laid. Je renvoie un SMS, et j'obtiens le code d'entrée. Les volées d'escalier en décrépitude me mènent dans un couloir qui sent la pisse. Une porte rose. Dans un sursaut protecteur, je cache Inari sous ma veste. Je frappe et on m'ouvre.

Du fond de la cuisine plongée dans l'obscurité, un mec me fait signe. Dans un coin, de dos, il y a une fille, avec une chevelure blonde incroyable, qui s'allume une cigarette. Je fixe le bout incandescent de sa clope qui répond aux lumières orange des lampadaires. Le mec me montre la pièce principale, le salon, encombré de corps endormis et de ronflements. L'odeur aigre, de la sueur, de la clope froide et du graillon chinois qui s'élève de la rue, me file la nausée. Je repère un petit coin resté libre, où je pourrai presque tenir recroquevillé.

« Putain, ferme la porte ! »

Je ressors. D'abord : un verre d'eau. Je retourne à la cuisine et je pige soudain que le mec et la fille sont en pleine tractation sexuelle. Elle le branle énergiquement, tout en tenant sa clope dans l'autre main. Poliment, je m'éclipse aux toilettes.

Les chiottes sont bouchées, le carrelage suinte des traces noirâtres. Le minuscule robinet crachote une eau au goût métallique. Je m'en passe sur le visage, le cou, et même les aisselles. Même l'eau pue, c'est incroyable. C'est incroyable aussi qu'Airbnb n'ait pas repéré ce petit manège dégueulasse. Ou les flics.

La poignée de la porte s'agite.

« Une seconde ! »

Le gardien de ce dortoir innommable est devant

moi, en train de tenir son pantalon. Ça me file direct un haut-le-cœur, et je me précipite hors des chiottes. Dans la cuisine, je m'assois autour de la grande table métallique, avant de m'apercevoir qu'il y a quelqu'un dans l'ombre.

Une voix gutturale me susurre :

« Tu veux une clope ? »

Et j'accepte. Je m'approche de la fenêtre et m'aperçois que la fille sublime est un homme ou du moins quelque part entre les deux. C'est la morale de la journée : les êtres vivants, on ne sait jamais qui ils sont vraiment, mais ça ne les empêche pas d'être effroyablement beaux.

« C'est quoi ton nom ?

— Barbara, enchantée !

— Non. Barbara ?

— Ben me regarde pas comme ça, on dirait que t'as vu un mort... »

Barbara, la suggestion de mon correcteur orthographique. C'est débile, mais ça m'angoisse, impossible que ce soit un hasard. Dieu, le destin, ou les algorithmes ont tout prévu. Que j'allais atterrir ici, après toutes ces conneries, et que j'aurais Barbara en face de moi. Est-ce que cette belle créature est encore un « mec », et moi, qu'est-ce que je suis ? Les humains aiment croire au destin, aux heureux hasards, surtout en amour, comme disait l'autre con.

« Tu trouves ça naze, Barbara ? J'ai hésité avec Margherita, en hommage à la pizza que tout le monde aime bien.

— Non, c'est parfait. Ça fait femme fatale.

— C'est tout moi.

— C'est qui les autres mecs ? Tu les connais ?

— Non. Des étudiants, des sans-papiers, ça dépend.

— Tu dors souvent dans ce genre de trucs, Barbara ?

— Des fois, quand j'arrive pas à pécho. Mais aujourd'hui c'est la lose ! Je me suis fait virer de chez mon mec !

— Oh moi aussi, je me suis fait virer. Mais de chez ma meuf… »

Elle me sourit. Son visage est tellement joyeux, comme si on était juste défoncés dans une fête et que tout était normal.

« Moi, j'ai l'habitude, j'ai passé ma vie à me faire virer, de chez mes parents, de chez ma tante, de chez tout le monde.

— C'est parce que t'as une belle robe. Les gens sont jaloux. »

Je me rends compte que j'ai tout l'air de la draguer en voulant être sympa, alors je bafouille un truc, mais elle me coupe la parole :

« Détends-toi, ça se voit direct que t'es hétéro.

— Ah bon ? T'es bien sûre de toi !

— Ouais, j'ai un radar à hétéros. À force de croiser des types en mal de sensations qui se déballonnent au dernier moment… »

J'ai la tête qui tourne à cause de la clope et l'impression de recracher de la fumée par tous les pores de ma peau. J'ai oublié Inari et le sens du mot hétéro.

« Putain, je suis crevée. Je jouais dans un spectacle et c'était la dernière.

— C'était quoi ?

— Une comédie musicale de *Buffy contre les vampires*, en version plus… plus trash, avec que des trans.

J'ai le rôle d'une créature qui s'est fait vampiriser les organes génitaux et qui doit leur obéir. Buffy me plante un bâton tu vois où. »

Je me sens à l'aise avec elle. Comme si, avec sa beauté pas banale, elle avait forcément des réponses, une analyse un peu plus poussée que la plupart des gens.

« Moi ça me dérange pas de dormir dans ce genre d'endroits merdiques. Je préfère mettre mon fric ailleurs... Me regarde pas comme ça, je suis pas une droguée. C'est juste mes œstrogènes qui sont plus remboursés. Alors je casque, j'achète au black.

— On peut acheter des hormones au black ?

— Évidemment, faut juste du pipi de jument, des filtres à cigarettes et de l'éthanol. J'ai même essayé d'en faire moi-même, y a des tutos sur Internet. Mais bon, je suis nulle en chimie, je m'en suis foutu partout, mes fringues puaient la pisse.

— Je connais une meuf, enfin un peu alien sur les bords, qui bricole des hormones si tu veux, sur la 25th. Va demander.

— Ah ouais, super !

— Bon fais gaffe parce qu'elle est capable de te prendre pour cobaye et de changer ton ADN ou de te faire entrer dans une secte qui idolâtre les intelligences artificielles.

— Mais c'est génial ! J'adorerais ça, qu'on me trifouille l'ADN ! C'est mon fantasme ! »

Inari se met à geindre bizarrement en l'observant.

« Elle est transphobe, ta chienne ? »

Elle plonge le nez dans son smartphone et prend un air sombre, dégoûté. Elle me montre des vidéos d'un gymnase pour les rescapés de Paradise. Les gens dorment par terre, on leur distribue des couvertures. Des centaines et des centaines de personnes sont portées disparues. Et beaucoup d'animaux de compagnie aussi.

« T'as vu tous ces pauvres gens ? Il paraît que le système d'alarme de la compagnie électrique était payant.

— What ?

— Ouais, plein d'habitants ont pas souscrit à l'abonnement premium. Trop glauque. »

J'essaie de lire l'article mais les lettres dansent devant mes yeux.

L'host de cet endroit magnifique repasse avec un pote. Il se met à parler en espagnol. Je comprends vaguement que Barbara veut pas le sucer. Ils négocient. J'essaie maladroitement de m'interposer mais elle m'arrête d'un geste pour que je m'en mêle pas. Et Barbara disparaît dans un nuage de fumée.

Inari aboie sous mon bras. Le mec se remet à jacter, et il me fait comprendre qu'il faut que je dégage. Les chiens sont interdits. Je lui réponds que c'est certainement pas pour des raisons d'hygiène, vu l'odeur qu'il y a déjà ici… Il nous flanque dehors. Adios Barbara. On était peut-être des âmes sœurs mais j'ai pas pris ton numéro.

Ma seule idée, c'est de rejoindre les fous qui récitent du Shakespeare toute la nuit. Y a des moments, ouais, on a envie de chaleur humaine et de poèmes. Mais c'est trop loin. Pour les petites pattes d'Inari et pour les miennes. Le premier parc fera l'affaire.

Soudain, un colosse me barre la route.

« Hey mec, t'as du fric ?! »

Putain, il manquait plus que ça…

« Tu tombes mal, j'ai vraiment rien, frère, et c'est pas ma journée.

— “Frère” ? Quoi “frère” ?! Tu te fous de moi, jamais de la vie t'es mon frère ! File ton putain de portable, trou du cul. »

Je reste interdit comme s'il m'avait posé un sujet de philo ou je sais pas quoi du genre. Pourtant, c'est assez simple à comprendre : file ton putain de portable. Mais les idées se bousculent pas, sauf au moment où il me chope par le T-shirt. Je me cramponne, je fais tout pour pas lâcher Inari et je lui sors mon téléphone de l'autre main. Il me balance comme une vieille poupée de chiffon, et tout ce que j'entends, c'est le bruit du bitume quand je le racle avec ma tempe. Un coup de cymbale, une détonation, je me pétrifie et, à l'intérieur, y a plus que les battements du sang qui résonnent.

La boule de poils d'Inari se pelotonne contre moi. C'est la seule source de chaleur, le reste de mon corps a refroidi d'un coup.

L'image est floue, tournée sur le côté : le mec tient mon smartphone à bout de bras, révolté.

« C'est quoi cette merde, il est tout pété ! »

Et il le lâche. L'appareil tombe au ralenti et se brise. Des éclats brillants virevoltent et retombent. Inari me renifle et se met à frétiller. Elle lèche le sang de ma tempe. Au début, je trouve ça mignon et puis, tout à coup, en repensant au coyote, je me figure qu'elle va me bouffer. Sérieusement, elle a beau avoir un physique de peluche, elle vient du même genre d'espèce.

Et moi, je viens du même genre d'espèce que ce trouduc qui m'a foutu par terre, que Brian, ou que les gens qui ont brûlé vifs parce que notre espèce ne peut pas se passer d'électricité cinq minutes et qu'en plus on a besoin d'applis pour nous le rappeler. Ça me fait un mal de dingue de songer à tout ça.

« Inari, recule maintenant. »

Si je fais pas gaffe, elle va me sucer le cerveau. Pourtant, je la prends sous le bras, je ramasse mon téléphone qui est maintenant en trois parties, et je me relève. Je mets tout dans mes poches.

On se réfugie au parc le plus proche. J'approche d'une sorte de buisson, qui se met à bouger et à me crier de dégager avec une voix de poivrot.

Je vais me foutre près d'un palmier. J'attache Inari à ma jambe, en faisant une laisse assez courte pour pas qu'elle puisse me lécher le lobe préfrontal. Inari fait des yeux de chien déçu. Je sais, Inari, tu te dis que t'es mal tombée. Si elle pouvait, elle me hurlerait dessus « You're fired ! »

Je crois que je l'ai bien loupé, l'american dream… Au bout de cette nuit, je serai sans doute un squelette. Je pense à mon épitaphe sur Facebook, ce grand cimetière de profils, bientôt réseau social des morts :

Était né pour un monde virtuel, n'a pas survécu à une nuit à la belle étoile.

Je rêve ou le ciel vire à l'orange ? Les nuages de pollution, dorés par les lumières de la ville ressemblent à des chiens monstrueux. Des chiens monstrueux qui ont le visage de Brian. Ils nous regardent comme s'ils étaient nos maîtres et déclament des vers apocalyptiques. Alors, je lance des phrases moi aussi, à la face du ciel. Des commentaires à poster au créateur de cet univers de merde.

Sous le ciel orange sans filtre, orange peau de Trump, la fin du jour me gèle les os. Low battery, le pouce courbaturé à trop liker le vide. Personne à insulter à travers un écran, et les gens IRL sont des morts-vivants. Pleurer, sourire ? Alors, quel émoji ?

En chien, en flammes, dire je t'aime à n'importe qui. Pourvu qu'un regard, pourvu qu'une accolade, une infime caresse. Attacher sa laisse. La faille s'agrandit, ça craquelle de partout, le vernis des humains fond. L'enfer est si brûlant sous la Bay. Quand on ferme les paupières, la solitude s'affiche plein écran.

Toujours prêt, toujours prêt à brûler les rêves, à promener les chiens dans les cendres.

RIP mon smartphone. Il respire plus, ce con. Plus aucune chaleur, plus aucune vibration. Je me suis enroulé dans une sorte de couverture antique qui exhale une odeur de mousse, de terre et de pisse.

Ce matin, je me faisais juste plaquer, je pensais pas revenir à l'état sauvage.

J'ai perdu ma boussole. Plus rien pour faire virer le train noir de mes pensées. J'essaie de réfléchir, de mettre les choses bout à bout. Demander de l'aide à qui, où aller, par où commencer dès que le jour aura englouti cette sale obscurité. Quand le jour reviendra, de quelle couleur sera le ciel ?

Je pense aux gens qui crament vivants, à leur vie qui

part en fumée. Dans la bouche, le cramé et le métal du sang. Arrêter d'être un humain, putain. D'être la pièce qui dysfonctionne dans le circuit harmonieux. Tout ce que je veux, c'est un écran, rectangle de lumière bleue, l'oxygène de mes yeux. Je vais plus pouvoir comebacker dans le monde-là. Le gameplay est chiant, trop de gens ont le code de triche. J'imagine un timelapse, la mousse de cet arbre qui se déplace lentement, me recouvre bientôt. Une mousse dense et très douce.

Au fond d'une forêt japonaise, un restaurant secret sert des mousses cuisinées. Le clou du repas : la moisissure qui se développe sur un cadavre d'animal. Prélevée sur des tissus récemment morts, gorgée des dernières forces du corps, de son ultime énergie. Il paraît que c'est bon pour la santé, dégustée en salade.

La vie qui revient, je t'en fais cadeau. Digère-moi la ville. Je rejoins les perdants, les losers qui ont fait ton terreau pour que prospèrent tous les Brian de la terre. J'ai perdu mon chemin dans tes synapses. Archive-moi.

12.

Life is beauty

La petite langue rêche d'Inari me lèche le visage. Le ciel se situe bien au-dessus, la terre et l'herbe me maintiennent à la surface.

Une couverture menaçante de nuages orange masque le ciel, les ombres ont disparu ainsi que les contours des choses en général. La brume gomme les distances, les repères, et laisse émerger des éléments épars. Un arbre, le haut d'un poteau électrique en suspension, un toit. Notre pelouse flotte peut-être dans le vide.

« On dirait bien qu'on est seuls au monde, Inari… »

En bordure de mon champ de vision, y a comme un halo noir, et ce qu'il y a tapi là-dedans, je n'en ai aucune idée. Inari gémit, elle doit avoir faim.

Mon téléphone gît à mes côtés, la batterie a surgi de la coque. De le voir ainsi, les composants à l'air, m'attriste profondément. J'imagine qu'il a pris froid si j'en juge la sensation d'os gelés qui me parcourt. Ce n'est plus un liquide mais un granité au sang qui tente d'avancer dans mes veines. Je respire très lentement, une migraine au sommet de la tête m'adresse un cri lancinant. Est-ce qu'on peut cramer sa jauge de vie en si peu de temps ? J'ai la bouche pâteuse, et l'atmosphère a un goût de fumée. Je ne sais même pas si j'ai faim, mon estomac est tout entortillé sur lui-même.

Il n'y a personne dans ce parc, personne.

Toutes les couleurs affadies, désaturées par un filtre de misère flamboyante collé sur mes yeux. L'air, j'en suis sûr, est devenu plus opaque. Et oui, ça sent le cramé. Si ça se trouve, je suis resté plusieurs jours à délirer. Ou j'ai traversé, *de l'autre côté*, dans un monde parallèle, reflet du monde réel, mal colorisé.

Dans les ombres de la colline, je surprends des mouvements. Les âmes errantes se réveillent, comme moi. Ou alors je me végétalise et j'ai le pouvoir de ressentir les communications entre les arbres. Au beau milieu de leur conversation, je crée des interférences. Ils me semblent bizarrement hostiles ; s'ils pouvaient bouger, les arbres me tomberaient dessus. Des points lumineux me font de l'œil, des rondeurs joyeuses dans leur feuillage noir. Des oranges, des putains d'oranges se pavanent sur l'un d'eux, me rappelant soudain que je suis en Californie et pas dans les limbes de je ne sais quel enfer. Orange tombée des nuages, vitamines, fibres, minéraux essentiels.

Je vise cette cible. J'ai réussi à me lever, je suis sur mes jambes, elles marchent. La raideur, la douleur m'obligent à saluer chaque petit pas maladroit. Je me sens survivant d'un monde, seul à voir cette réalité grise comme si je marchais sur la Lune.

En une nuit, je me suis pris cent ans dans la gueule. Heureusement que tu m'as réveillé, ma petite Inari, parce que j'étais prêt à me confondre avec la pelouse pour des siècles et des siècles.

L'oranger me nargue. Les oranges, trop hautes, bien

sûr. Mon corps en extension crie et se rebelle, je secoue les branches. Si je n'y arrive pas, je crois bien que je vais me pendre à cet arbre. Très sérieusement, orange tree, j'ai une ceinture et je suis prêt à m'en servir, pour l'exemple. Voici le jeune homme consumé par son rêve californien, incapable de rebondir. Le loser. Incapable de cueillir une putain d'orange ! Et alors que je menace l'arbre d'alourdir sa branche de mon cadavre, le voilà qui me lâche une orange. Hé ben, j'ai braqué un oranger quand même !

Je ramasse le fruit. Mes doigts noirs de terre lui écorchent la peau. C'est un massacre. Ma bouche n'a plus une goutte de salive, et la chair juteuse du fruit m'explose à la figure. J'ouvre l'orange en deux et j'y plonge les dents comme un putain de vampire. Tu vois, Diane, je pense à mon corps, à mon bien-être, je m'offre une bonne giclée de vitamines qui me coule sur le menton. Ce jus de soleil acide, j'espère, va m'électrochoquer. Mes neurones vont se remettre en ordre de bataille, reprendre leur chorégraphie pour enfin produire une idée utile. Et dans quelques instants, je serai dans mes habits propres, en train de siroter un chaï latte. Je déglutis et guette l'effet potion magique, accroché à l'espoir fou que les couleurs se réveillent autour. Au lieu de quoi ça bouge dedans. Mon estomac se rebelle, mon œsophage brûle, comme si je venais de boire la ciguë. Et mes intestins grondent. Il faut que je me vidange. Les chiottes publiques sont fermées, on doit être à l'aube.

J'attache Inari à un tronc pour avoir un peu d'intimité, ce qu'elle n'apprécie pas. Je fonce vers les buissons touffus. J'appelle nerveusement de peur de réveiller un infortuné. Faire ses besoins sur le territoire d'un autre, c'est clairement un affront. Y a qu'à voir les chiens. Si je pouvais, mes amis, j'irais pisser et chier sur l'arbre joyful de Pyness.

Et tandis que je me soulage, une espèce de fou rire me secoue les os.

K.K, le Airbnb des chiottes. Si ça se trouve c'est l'unique idée de génie que j'aurai eue de ma vie, la plus inventive que mes neurones ont produite. Si seulement mon téléphone marchait, je pourrais lancer l'appli. Et trouver un appart, là, quelque part, qui m'accueillerait chaleureusement pour que je dépose ma crotte au bon endroit, avec tout le confort nécessaire et peut-être quelques avantages ou options de plus grâce à l'abonnement premium. De l'encens parfumé, une revue porno ?

Je ne ris pas, je pleure, spasmes involontaires des poumons au sphincter. Et tandis que je me vide, surgit dans mon esprit une appli destinée aux clochards avec tous les services de la ville, les horaires de distribution de bouffe, les places dans les foyers et une messagerie pourquoi pas. Voire un système d'attribution des emplacements dans les parcs. Sérendipité ! Ça aurait de la gueule de raconter ça au TEDx, tout le monde verserait sa petite larme. Résilience !

« Voyez, messieurs dames, il faut que je vous raconte comment j'ai eu cette idée. On n'y pense pas mais la vie de chacun d'entre nous peut basculer, en très peu de temps. Figurez-vous qu'un jour… »

Et puis ça me dégoûte. J'imagine tous les dingues qui étudieraient les données des clodos, les pisteraient pour leur faire porter des fringues avec des pubs, ou essayer des médocs, des puces anti-émotions, des smoothies énergisants, et je pleure des larmes de jus d'orange qui me piquent la peau.

Ma petite Inari regarde poliment ailleurs. On n'en est pas à ce moment de la relation où on parle ouvertement de caca. Je tire une grande feuille vert pomme, merci la branche, je suis désolé, je ne connais pas ton nom, et je m'essuie. Toutes mes idées convergent soudain dans une seule direction : le distributeur de sacs à caca qui se trouve sur l'allée un peu plus loin. Prendre un sachet, ramasser ma crotte d'un geste professionnel et la jeter à la poubelle. Je m'applique à mort, comme si c'était le seul geste qui pouvait encore me relier à l'humanité. J'ai réussi cette mission. Tout n'est pas perdu.

Quand on touche le fond, au moins, on peut donner un coup de pied pour remonter. Cette phrase me vient, toute seule dans mon cerveau, à croire que j'ai les mêmes fonctionnalités que Pyness. Est-ce que là, on peut dire que j'ai touché le fond, est-ce qu'on peut arrêter ? Autour de moi, l'air est dense, et Inari tremble de froid. Je la prends contre moi. J'ai le corps si engourdi que je ne sens plus rien. Si ça se trouve, je dégage de la froidure, comme une clim.

Récap des données existantes. J'ai en ma possession :

1. Une façade, un écran qui part en miettes, une batterie de téléphone.

2. Un chien, dont il faut que je contacte la maîtresse, avec un téléphone.

3. Une valise, chez un client qu'il faudrait que j'appelle, avec un téléphone.

Les éléments, parfois, s'emboîtent mal. J'aimerais établir un plan, une stratégie, un planning agile au lieu de quoi je balbutie en trifouillant les brins d'herbe gelés. J'entends des bruits dans le ciel, juste au-dessus de moi. J'imagine des colibris aux plumes calcinées. Alors, comme un chimpanzé de laboratoire devant un jeu de construction, j'attrape maladroitement les pièces du téléphone, je remets la batterie à sa place, derrière la façade tordue et fatiguée.

Une. Lumière.

Miracle.

It's alive ! Une lumière va et vient, et derrière les stries de l'écran fragmenté, un message d'accueil apparaît.

Mais oui ! Alléluia ! Je lève les bras, je crie au ciel comme un de ces Apocalypse men qui appellent Dieu. Je vais pouvoir, je vais pouvoir… recontacter la maîtresse d'Inari, lui ramener sa petite chienne… Je m'imagine déjà dans une séquence de film, marcher au ralenti avec Inari dans les bras, et sa jolie maîtresse qui court vers moi, les seins bondissants. Elle pleure d'émotion et enfouit sa tête dans le pelage blanc de la petite chienne. Elle me sourit, me propose un café, me dit que j'ai l'air épuisé. On disserte un peu sur les incendies, l'angoisse, les fumées qui se rapprochent. Et ma petite Inari revient vers moi pour me gratifier d'un coup de museau. Je la câline, et sa maîtresse attendrie m'incite à rester un peu chez elle, le temps qu'on y voie plus clair. Sur la situation, le feu, et notre relation qui se noue étrangement. Et je lui avoue que je n'ai jamais vraiment cru à ce job de gardiennage de chiens mais qu'avec Inari, c'était comme un devoir, j'ai eu pour la première fois de ma vie le sentiment qu'un être vivant avait besoin de moi. Elle est attendrie et je lui dis qu'elle est mille fois plus belle que sur son compte Instagram. Et elle verse une petite larme, veut que je la prenne en photo comme Inari, avec ces beautiful poems dont j'ai le secret. J'hésite un peu mais c'est tentant, et je lui fais promettre d'arrêter les opérations, et elle se penche vers moi reconnaissante, sa peau est douce et bouillante et…

… Ding ! Bzz bzz ! Ting ! Bzz… Pas le temps d'imaginer le happy ending, mon téléphone se cabre dans mes mains comme un oisillon fou. Des appels en absence, des SMS, des mails, des notifications Twitter et consorts. Brutal, le concert du monde reprend du service. Toute la technologie de la Silicon Valley me vomit bruyamment à la gueule.

La maîtresse d'Inari a essayé de m'appeler trente-huit fois.

Je vais la rappeler… Je vais la rappeler… Mais quelque chose attire mon attention du côté de l'oiseau blanc de mon écran. Je l'effleure, tout doucement.

Des liens vers mon compte @Vertidog, des retweets par milliers, des rafales de mots que j'ai du mal à comprendre, un torrent d'insultes. Inari n'est pas la seule à être devenue une star des réseaux, elle m'a entraîné avec elle. #shame #worstdogwalkeronearth

Je finis par comprendre, @GeenaLifeisBeauty, sans nouvelles de sa chienne, a lancé un appel sur Twitter.

Qui a vu le Dogwalker psychopathe ?

Au milieu des victimes des incendies de Paradise et des personnes portées disparues, des tas d'internautes ont alimenté ce fil. Vision d'horreur, mes propres clichés retweetés des milliers de fois, accompagnés du making-of. Les Vertigo-girls ont reposté toutes leurs photos, on me voit mettre en scène Inari, à la manière d'un réalisateur pervers qui martyrise son actrice. On me voit courir sur Crissy Field. On me voit même au Presidio Park... Devant le club, dans le bar transhumaniste. On me prête toutes sortes de tares ou d'addictions. Le gorille-varan du Battery club a aimablement fourni une vidéosurveillance de moi, avec un comportement qualifié de « très suspect ». Il paraît que j'ai typiquement le style d'un de ces fous camés aux cristaux. Quelqu'un m'a même filmé en train de manger des biscuits pour chien. Il y a plein de détournements : on me voit manger un os, manger un bol rempli de pâtée... Je suis devenu un mème. Et on me voit, oui on me voit, c'est moi, chier dans les buissons il y a à peine vingt minutes !

Des gens dorment là, la nuit, bordel. Un peu de respect !

C'est un clodo, une star de Twitter, qui balance. Chaque commentaire indigné, acéré, se plante dans ce qu'il restait de ma dignité.

Je lève la tête, épouvanté, pour scanner les alentours... Je crois entendre un drone. Merde. Ils sont là.

Des silhouettes émergent du brouillard et avancent vers moi, je ne distingue aucun visage, juste des masques anti-pollution aux couleurs bariolées. Motif arc-en-ciel, drapeau américain, camouflage végétal.

L'un d'eux a même un masque Batman, le justicier des chiens en détresse, sûrement.

Inari se blottit contre moi. Je me redresse d'un bond et pique un sprint, la petite chienne sous le bras.

Les citoyens masqués me balancent des phrases sensées.

« Hé attends ! On veut juste te parler !

— Keep cool !

— Pose ce chien ! Enculé ! »

La seule chose à laquelle je pense, c'est que, statistiquement, y en a forcément un qui a un flingue et qui va m'abattre comme un clebs enragé. Je cours, les poumons saturés par l'air irrespirable. Évidemment, je trébuche et je m'étale par terre. Le temps passe au ralenti. Inari couine, je me relève pour la reprendre doucement dans mes bras. J'ai la sortie du parc en visuel, je reprends ma course comme un fou et là, j'aperçois une voiture de flics qui pile.

La portière s'ouvre, une femme surgit en faisant ondoyer une longue chevelure sombre, le visage en planque derrière d'énormes lunettes noires, une silhouette pulpeuse en vêtements blancs dans le brouillard ardent. La voiture de police noire et blanche, la dame blanche et noire. C'est irréel, @GeenaLifeisBeauty, IRL, s'avance en écartant les bras :

« Inari ! Inari my love ! Jésus-Christ ! »

Un flic s'interpose en me menaçant de son flingue :

« Tu lâches le chien, NOW ! »

Je m'agenouille pour déposer Inari lentement par terre. Et malencontreusement, je me retrouve à la hauteur du cul bombé de Geena, qui se penche pour ramasser sa petite chérie, et je peux pas m'empêcher de le scruter pour savoir s'il est vrai ou non… Ses hurlements me tombent dessus, elle me traite de perv', elle crie que j'ai exploité sa chienne, je bredouille que c'est à cause de mon téléphone.

« "Vertidog", hein ? *(Elle fait le signe très irritant des guillemets avec les doigts.)* Tu sais ce que c'est, le droit à l'image ? »

La voix de crécelle de @GeenaLifeisMoney nous fissure les tympans, même le flic lui intime l'ordre de se calmer. Et moi, je marmonne qu'elle aussi, elle l'exploite, la petite Inari, pour faire de la figu à côté des sacs à main. Elle me dévisage d'un air maléfique en prononçant cette incantation destinée à m'humilier définitivement :

« Moi, j'ai plus d'un million de followers, OK ? »

Puis elle hurle de plus belle qu'elle va me coller un procès mémorable au cul. Le flic se décide à créer une distance de sécurité avec son gros corps pour interrompre notre charmant entretien. Il a toute la panoplie du bad cop : grosses lunettes, grosse moustache, gros ventre, gros gun, air dépité de la vie. J'ai presque pitié de lui quand il me passe les menottes.

Geena s'en va comme une impératrice, et je m'aperçois que j'ai même pas pu m'expliquer avec Inari ou juste lui dire au revoir. Geena, merde, je l'ai sauvée, ta petite fugueuse, quand même ! Son énorme cul qui se dandine, surmonté de la flamme noire de sa chevelure, forme un point d'exclamation railleur vite avalé par une nappe de brouillard. Inari passe sa petite tête par-dessus son épaule et me jette un dernier regard mi-amusé mi-reconnaissant. Enfin, c'est ce que j'imagine parce que, maintenant, je dois bien avouer que j'y connais rien en expression de clebs.

Salut, Inari…

Et la petite tâche blanche est mangée par la grosse voiture noire. Et le brouillard orange avale la petite tâche noire. Les formes humaines évanouies. Au sol gisent les reflets translucides d'un amas de liens rompus. Ou si fins qu'ils ne pourraient jamais relier à rien. Le goût âcre du mot « ghosté » va me dissoudre enfin. Mon propre vide épouse le vide autour et j'erre, atomisé, dans les brumes de la Valley.

Pour l'éternité.

Comme dans les films, une grosse main poilue me fait baisser la tête d'autorité pour entrer dans la voiture. Il fait chaud, et mes muscles se détendent. Je dévisage le policeman qui m'a ramené dans le monde des vivants. Un humain me parle, je n'ai pas été complètement effacé. Sa moustache me fascine alors qu'il m'engueule.

« Sérieusement ? Voler des chiens pour avoir des followers ? Alors que des gens sont en train de mourir et de perdre leur maison ? »

Ting ! Je sors mon téléphone, un peu galère avec les menottes, c'est ce bon vieil arbre de Pyness, qui décidément est increvable :

Conseil n° 6 : Montrez votre changement. Soyez fier ! Vous êtes prêt à avancer.

Celle-là, c'est quand même la meilleure. Ça me provoque un petit rire nerveux, et le flic soupire, excédé, tournant sa fière moustache vers la vitre. Au point mort où j'en suis, je fais un selfie dans la voiture de police et je le poste dans la foulée pour montrer mon changement.

FINALLY ! #Arrested !

Et tandis que les rues indifférentes défilent doucement dehors, les likes s'affichent et me recollent un sourire. Mes paupières irritées s'ouvrent et se ferment, incrédules, sur un petit cœur rouge.

Il y a un like de Diane !

Remerciements

On pense souvent que l'écriture d'un roman est un plaisir très solitaire mais, pour celui-ci, c'était plutôt une aventure collective.

Merci à mes compagnes et compagnons de route de l'atelier roman : Laurent Lemarchand, Marie Mouchel, Anne-Claire Lehembre, Willy Duraffourg, Christian Docin-Julien, Isabelle Miller, Anne-Angèle Bertoli, Karine Mazeau et à notre sensei Vincent Ravalec.

Merci à la revue *WIP, littérature sans filtre*, pour la confiance.

Merci à Marie Escarabajal, Marie Tranchant (chou vert), Alice Géraut et Marie-Charlotte Ferran, mes premières lectrices.

Merci aux talentueux collègues du Yem Studio : Clotka, Marguerite Courtieu, Magali Le Huche, Kek, Mathieu Auvray, Romain Hugault, Marielle Durand, Penelope Bagieu et à Arthur de Pins, pour les encouragements et l'inspiration.

Merci à mes compagnes et compagnons de route dramaturgique : les cosmic girls Julie Simonney et Mélanie Duval, ainsi qu'au collectif des sous-pulls secrets. À Matthieu Choquet, pour le soutien sans faille, à Pauline Pinson qui se lance dans cette galère, et aussi à Régis Jaulin, pour les prophéties de fin de soirée.

Merci à Elisabeth Samama pour son enthousiasme lumineux, à Delphine Roché pour sa précision et sa patience.

Merci à Jérémie, Aglaé et Zacharie Chassaing pour leur aide, leurs blagues et surtout pour tout le reste.

Ce livre existe grâce au travail de toute une équipe.

Communication : Caroline Babulle, Sandrine Perrier-Replein, Typhaine Maison, Adélaïde Yvert.

Coordination éditoriale et administrative : Céline Poiteaux, Martine Rivierre.

Studio : Pascaline Bressan, Barbara Cassouto-Lhenry, Joël Renaudat.

Fabrication : Muriel Le Ménez, Céline Ducournau, Bernadette Cristini, Sophia Paroussoglou, Phousa Chantharath, Isabelle Goulhot, Émilie Lapan (Canada).

Correction : Emmanuelle Coppeaux, Valérie Gautheron.

Commercial, relation libraires et marketing : Laetitia Beauvillain, Alexandra Profizi, Élise Iwasinta, Morgane Rissel, Aurélie Scart, Clément Vekeman.

Cessions de droits : Isabelle Votier, Benita Edzard, Lucile Besse, Sonia Guerreiro.

Gestion : Sophie Veisseyre, Chloé Hocquet, Isabelle Déxès, Camille Douin.

Service auteurs : Viviane Ouadenni, Jean-François Rechtman, Catherine Reimbold.

Ressources humaines : Mylène Bourreau.

Juridique : Laëtitia Doré, Anaïs Rebouh, Valérie Robe, Jean-Benoît Vassogne, Julia Crosnier.

Diffusion : Aurélia Spalacci (directrice des ventes), Nadine Eugénie, Céline Pitt, Arnaud Weill, Hervé Adamczyk, Annie Bourgade, Éric Charpentier, Gilles Couillard, Sandrine Ducrocq, Élisabeth Ehlinger, Guillaume Loras, Jean-Philippe Pilloux, Philippe Maulnier, Gilles Torché, Élisabeth Gastaldo, Jean-Pierre Stephany (Belgique), Olivier Béguin (Suisse), Jean Bouchard et Marie-Ève Provost (Canada), Emmanuelle Cadot, Virginie Godet et Caroline Pan.

Avec le soutien des équipes d'Interforum et d'Editis qui participent à la création, la diffusion et la distribution de ce livre.

Canoros Vehit Canentes

La photocomposition de cet ouvrage
a été réalisée par
FACOMPO LISIEUX

MIXTE
Papier
FSC FSC® C003309

L'éditeur de cet ouvrage s'engage dans une démarche
de certification FSC® qui contribue à la préservation
des forêts pour les générations futures.

Pour en savoir plus :
www.editis.com/engagement-rse/

CET OUVRAGE
A ÉTÉ ACHEVÉ D'IMPRIMER
SUR ROTO-PAGE
PAR L'IMPRIMERIE FLOCH
À MAYENNE EN NOVEMBRE 2021

N° d'édition : 62922/01 – N° d'impression : 99459
Imprimé en France